Annemarie Nikolaus: Celoso de una estrella
Club de baile Lietzensee

ANNEMARIE NIKOLAUS

Celoso de una estrella

Quick, quick, slow — Club de baile Lietzensee

Novela

1

Tanja Walters asustó con su alucinante timbrazo de bici a dos urracas que se peleaban en el carril bici por un pedazo de papel de aluminio brillante. El papel quedó en el suelo, cuando las dos huyeron al castaño frente al recinto ferial de la calle Hüttenweg en el barrio berlinés de Zehlendorf.

Tanja se apeó y sujetó la bicicleta en una farola. Luego se agachó para coger el papel de aluminio y lo tiró en la siguiente papelera. ¡Es lo que se merecían!

En cada carrusel sonaba una música diferente; los feriantes intentaban aparentemente cubrirse unos a otros. ¿Pensaban que, quien sonara más alto atraía a la mayoría de la gente? El seductor olor de los asados le llegaba de frente. En un callejón, en el que había casetas de barbacoa con maíz, costillas asadas, bistecs y cerveza americana, los visitantes a la feria se agolpaban. Por cierto, ella venía directamente de comer, pero, sin embargo, habría comprado por lo menos una costillita si las colas frente a los puestos de comida no hubieran sido tan largas.

Para ella, como bailarina de *square dance*, la popular fiesta germano-americana era verdaderamente un *must*. Y le encantaba. Se podría permitir la auténtica América, como pronto, cuando terminara sus estudios de arquitectura.

En la noria se encontró al primero del club de baile Lietzensee. Norbert Kaminski se subía con su hijo de doce años, Oliver, a una góndola.

—Tanja, Tanja! —Oliver saltó hacia ella—. ¿Te subes al tren fantasma conmigo?

—¿Por qué yo? —Sonrió irónicamente a Norbert—. ¿Se asusta tu padre?

Oliver bajó las comisuras de su boca. —No. Por eso con papá no es divertido. Sólo lo finge.

—Entonces tendrás que venir otra vez, cuando esté tu madre. A mí tampoco me da miedo.

—Eso no puede ser. —De repente, Oliver parecía que estaba a punto de llorar.

Norbert enarcó las cejas avisándole. Ahí había metido la pata completamente. Y había pensado, que el divorcio de Norbert habría sido de mutuo acuerdo.

Apoyó su brazo en los hombros de Oliver. —Entonces condenaremos a Chris a ello. Ven, vamos a buscarlo.

Habían quedado con los otros de su grupo de *square dance* en la *"Main Street"*. Aquí los dueños de las casetas se habían puesto de acuerdo sobre poner música *country*. ¡Muy razonable! También era un poco más silencioso. Tanja cantó lo que sabía, mientras buscaban con la mirada a los bailarines.

Chris Rinehart, el *caller* americano del grupo, estaba de pie junto a la pareja de Tanja, Micky Hassloff, en una barraca de tiro al blanco. Chris iba vestido de civil, mientras que Micky parecía un *cowboy* desde el sombrero Stetson hasta las botas de tacón alto. Un *cowboy* de aspecto extraordinariamente real: musculoso y bronceado; como si, de hecho, pastoreara ganado vacuno durante todo el año. Incluso su cabello rubio arena parecía como desteñido por demasiado sol. Aunque pasaba día y noche sentado en la Universidad Técnica frente a los estúpidos ordenadores.

Chris le explicó cómo se manejaba una escopeta de aire comprimido y el dueño de la caseta de tiro siguió la acción de ambos con evidente indignación. Pero luego, un hombre mayor con sombrero y una camisa trampera con flecos lo distrajo, y les volvió la espalda.

Tanja se acercó y entonces señaló al propietario. —Ese tiene miedo de que e que Micky vaya a limpiar su antro.

Micky se giró. El azul de sus ojos se hizo más intenso cuando la miró. Oscuros como un lago en el que ella podría sumergirse. ¡Vaya pensamiento más ridículo! Se ahogaría, no sabía nadar en absoluto.

Se apoyó con un codo junto a él en la barra y esperó que pareciera *cool.*

—Tanja, ¿a qué disparo para ti?

—¿A mí? Pues... En cualquier caso, ningún peluche. Ya tengo cien, por lo menos. —Miró desde la cinta transportadora con los números que pasaban rodando hacia arriba a los premios otorgados, y de nuevo a la cinta transportadora —. ¿Puedes siquiera saber de antemano qué vas a matar?

Chris rio. —Ya dará a algo.

—Algo... —Todo lo que había ahí expuesto en fila eran pijadas—. ¿No nos pueden dejar ganar algo útil? —Tal vez mejor debería decirle a Micky directamente que no le interesaba nada. Pero probablemente ya había pagado por su tiro. Tampoco debía pensar que ella no quería tener nada de él.

—¡Esto es la fiesta popular germano-americana! —Micky agitó la escopeta de aire comprimido—. Aquí no se trata de utilidad, sino de la paz entre los pueblos. O algo así.

—¿Paz entre los pueblos? Micky, te caíste del tiempo; ya no existe la República Democrática Alemana. —Como siempre, cuando no se le ocurría ninguna réplica, se le ponían rojas las orejas. Era tan fácil burlarse de él.

—Te refieres a nuestro modo de vida. —Chris señaló con un gesto casi tan presumido como Micky hacia el callejón con las barbacoas.

—¿Vuestro modo de vida? ¡Bah! —Sonrió insolentemente—. Simplemente nos habéis copiado nuestra cuadrilla.

—Pero debes admitir que nuestro *square dance* es mucho más divertido que vuestra cuadrilla. Por eso hace tiempo que ha pasado de moda. —Chris apoyó una mano en el hombro de Micky—. Cuanto más vaciles, más inseguro estarás.

La mirada de Micky volvió de la cinta transportadora a Tanja. —¡No puede ser! Imposible estar más inseguro. —Sobre todo cuando ella estaba tan apretada junto a él que su perfume lo atontaba. Como si su aspecto solo no bastara para quitarle el aliento. Su cabello rubio oscuro, ahora había vuelto a crecer a media largura y con cada golpe de viento le acariciaba el rostro. Ahí, sobre su mejilla, también a él le gustaría tener los dedos. Pero tal vez no había nada que hacer. Bailaban juntos desde hacía más de tres años, pero ni siquiera acudió a él cuando no se entendía con su ordenador.

Con un ojo entrecerrado, apoyó el arma contra el hombro, se decidió por un objetivo y disparó. Al lado. ¡Por qué se habría dejado persuadir por Chris! Repitió y tiró por segunda vez sin apuntar demasiado rato. Esta vez acertó. Se enderezó y se secó los dedos húmedos en el pantalón. —Casualidad. —Al menos ahora no parecía un completo idiota.

Pero todavía le quedaban dos tiros para ponerse en ridículo. Apuntó de nuevo; las dos veces acertó en un número de la cinta transportadora. Sonriendo aliviado dejó el arma en la barra y miró expectante al dueño. —Ahora sí que estoy intrigado. —Al juzgar por el sombrío rostro, parecía que los premios eran buenos que acababa de ganar con sus disparos.

Tanja lo cogió por el brazo y tiró de él hacia ella. —Has acertado tres de cuatro veces. Micky, es un talento natural.

No supo qué decir a eso. Avergonzado, volvió a dirigir la mirada al dueño de la caseta.

Y Chris, para colmo, añadió todavía: —Te lo dije ahora mismo. Consigues lo que te propones.

Se le calentó la nuca, seguramente, ahora se pondría rojo. Mantuvo la mirada testarudamente dirigida hacia el dueño, quien sacaba premios de aquí y allá. —Parece que no sabe muy bien qué debe darme. —Y más alto—. Joven, ¿tengo que elegir algo o cómo funciona?

—Un momento —vino la gruñona respuesta. De repente el hombre ya no tenía acento americano, sino un tono que sonaba muy hessiano.

—A pesar del sombrero y la ropa: ese no es americano. —Tanja rio irónicamente sin disimulo—. Los americanos son claramente más generosos.

Chris le dio una palmadita en el hombro sonriendo. —Me siento honrado, ma'am.

El dueño de la caseta de tiro finalmente se decidió a entregar los premios. Naturalmente, entre ellos había un peluche de gran tamaño: un ejemplar rosa del conejo *Bugs Bunny*.

Micky intentó endosárselo a Oliver, pero él lo rechazo indignado. —¡El rosa es para las chicas!

Al final Chris le quitó el conejo; con él Madeline podía complacer a su abuela. El segundo premio fueron pompas de jabón; Oliver las aceptó agradecido. El tercer premio, por el contrario, tenía un uso concreto: una plancha de vapor. Pero ¿cómo podía regarle algo así a Tanja?

Ella la desempaquetó y la miró por todos lados. —¡Para mi madre!

—¿Crees que, como agradecimiento, va a planchar mis camisas?

—¡Mi madre nunca plancha! —Ella alzó la barbilla altivamente.

Él la miró fijamente. ¿Acaso pensaba que su pregunta iba en serio?

Alrededor de los ojos de Tanja se le formaron arruguitas de risa mientras meneaba la plancha. —A lo mejor empieza con ello ahora. —¡Se había burlado de él! Y otra vez había mordido el anzuelo. Pero, ¿cómo narices lo conseguía siempre?

—Déjale al hombre que pruebe a ver si funciona —advirtió Chris.

—No sabía para nada que podías ser tan quisquilloso. —La voz de Madeline Lagrange sonó de repente tras ellos.

Chris se giró, la atrajo hacia sí y la besó persistentemente.

—¡A ti te gustaría que a mí me gustara que termináramos el paseo! ¿Antes de que siquiera haya empezado? —Madeline rio, casi sin aliento por el largo beso.

"What?" Chris puso cara de inocente al no entender qué quería decir con ello—. Aún tenemos que hacer algo primero.

Tanja alcanzó la plancha al hombre de la caseta de tiro para probarla. Pero sin agua destilada había poco que probar; por lo menos se encendía y calentaba. Eso llevó a que no se pudiera volver a empaquetar inmediatamente. Se la puso a Micky en la mano y él tuvo que llevarla hasta que se hubo enfriado.

Tanja se colgó del brazo de Norbert y cogió a Oliver de la mano. Siguieron a Chris hasta un escenario en el que tres hombres estaban sentados frente a una hoguera eléctrica y tocaban canciones *western* en sus guitarras. Al menos uno de ellos cantaba realmente mal.

—¡Buh! —Despreocupada como siempre, Tanja no ocultó su aversión—. Algo de aquí es realmente una imposición.

Oliver inclinó la cabeza. —Están aullando. Me gusta más vuestra música de baile.

Norbert rio y despeinó el cabello de Olivar. —Tú y Tanja, vosotros dos tenéis evidentemente el mismo gusto, *cowboy*.

Chris subió los peldaños junto al escenario y desapareció tras una cortina. Poco después volvió a salir con un semblante radiante, a su lado, un joven con un cigarro en la comisura de los labios. Dijo algo; acto seguido, Chris tecleó algo en su *smartphone* y sacudió la mano del hombre.

Bajó de un salto hacia ellos. —Werner estará encantado. Nos llevamos 500 euros.

Madeline frunció el ceño. —¿Quién, por qué?

—"Nosotros", por una actuación aquí.

—Fenomenal. —Micky palmeó a Chris en el hombro —. Fortalecerá nuestra posición en la asociación.

Tanja rió sarcásticamente. —Ni la formación latina trae tanto. Por poco en serio que nos tome, George no puede permitirse deshacerse de nosotros.

—Abuelo está algo anticuado, pero solo quiere el bien de la asociación.

—¿Anticuado? —Micky torció el gesto. Que Madeline todavía defendiera a su abuelo...—. Solo digo eso, cuadrilla. —George Lagrange no se interesaba ni siquiera por los bailes antiguos, sobre los que su propia mujer investigaba.

Madeline seguía mirando algo incrédula de uno a otro. —Quieres decir, ¿que nuestro grupo de *square dance* va a bailar aquí? Pero no somos americanos para nada. —En los pocos meses que llevaba bailando con ellos, todavía no había presenciado de qué manera tan curiosa se realizaban varias actuaciones.

—Desde que el *army* se ha ido, se ha hecho más difícil hacer esta fiesta verdaderamente americana. O más caro. —

Chris señaló a los cantantes que en ese momento se inclinaban en el borde del escenario—. Tampoco verdaderos.

El siguiente número empezó en el escenario: un grupo de bailarinas vestidas como chicas de *saloon*. Eran realmente buenas y también recibieron aplausos de las espectadoras femeninas cuando se giraron al final y levantaron las faldas.

—Pero este cancán no es tan fiel al estilo, ¿no? —De repente, Madeline agarró a Chris por el brazo y tiró de él con un movimiento impetuoso—. Entonces, ¿has concertado una cita? —De golpe, pareció entrar en pánico al caer en que ella misma tendría que estar ahí arriba. Naturalmente, sería su primera actuación en público con ellos—. ¿Sin saber si todos tendrían tiempo para bailar? ¿Qué pasa con Hinnerk? Está otra vez en Hong Kong...

Chris le puso la mano en la boca apaciguándola. —¡Tranquila! —Le besó fugazmente en la mejilla—. No te alteres. El gerente nos ha propuesto tres fechas diferentes. No tenemos que actuar en todas.

—Pero entonces hay menos dinero —dijo Tanja. Debían elegirla para la junta directiva; entonces la asociación no tendría más preocupaciones.

Micky se giró rápidamente hacia un lado para que ella no viera su sonrisa. A lo mejor se sentiría ofendida.

—Por supuesto. ¿Qué pensabas? Cada actuación se paga extra. —Chris aún sujetaba a Madeline apretada a él y le acariciaba la espalda. Los dos formaban una imagen que envidiar.

—Entonces debemos bailar tres veces. —Micky le guiñó a Tanja—. Y dejar al abuelo de Madeline fuera de combate de una vez por todas.

—¿Fuera de combate? —Ella le dio un codazo en el costado.—. Te has adaptado realmente bien al salvaje oeste.

—Soy capaz de aprender, ¿no lo sabías? —Sonrió maliciosamente.

Ella lo miró escéptica. Pero esta vez él no había caído en su trampa. Alzó la barbilla de manera segura y ante eso ella no tenía ninguna contestación preparada.

2

Cinco días más tarde, Micky se paró de nuevo frente al escenario en la fiesta germano-americana con Tanja y otros catorce bailarines de *square dance*.

Esta vez Chris llevaba, como todos los otros hombres, botas de *cowboy* de tacón alto, sombrero Stetson y *bolo tie* to jeans y una camisa a cuadros. Las bailarinas vestían faldas hasta las rodillas de colores brillantes y voluminosos *pettitcoats*. No estaban contemporáneos al salvaje oeste, pero, mientras tanto, el habitual traje de *square dance*. Tanja había dejado que Carola Maaßen se recogiera el pelo; unos cuantos de mechones rizados encuadraban su rostro. Lucía aún más encantadora que de costumbre.

El poco musical marido de Lydia Aydemir había venido fielmente para aplaudir en ovación, así como el grupo de niños de Norbert junto con la madre. El marido de Bettina Hinz llevaba a su hija en la mochila para bebés sobre su pecho. Ella dormía completamente indiferente al ruido de la feria. El marido de Andrea Falshagen, por lo menos había podido convencer a su hija adolescente para acompañarlo; los otros dos, mientras tanto, seguían sus propios caminos, que no conducían al club de baile Lietzensee.

Uno de las asociacónes de Berlín que se había especializado en *square dance* bailó antes que ellos. Un dúo de violinistas que trabajaba para el escenario los acompañaba. Eso tampoco era verdadero: los dos hombres tocaban un violín clásico, y no el tradicional *fiddle*.

—De media, son claramente mayores que nuestra tropa —notó Norbert, quien a sus treinta y cinco años ya no se contaba entre los más jóvenes—. Les falta flexibilidad.

—Todo lo contrario que a ti. —Con una mirada de a la antigua – coqueteo marca estilo *western* – Carola, su pareja, se enganchó a él.

La ex mujer de Norbert resopló oíblemente indignada, pero luego la acapararon sus dos pequeñas hijas. Ella no lo había querido más, pero seguía siendo celosa. ¡Quien entendiera a las mujeres! Micky agitó la cabeza sobre ella.

Pero no sólo era flexibilidad lo que le faltaba al otro grupo; nada grave, y sin embargo... Faltaba armonía, precisión. Como si estuvieran reñidos o compitieran continuamente entre ellos. Los aplausos fueron escasos, muy claramente sólo por educación en vez de entusiasmo. Probablemente los fallos habían sido obvios incluso para los ojos inexpertos de los espectadores.

Madeline se volvió hacia Chris. —Nosotros tenemos el mejor *caller*.

Él la besó desenvuelto y acarició su espalda para templar su miedo escénico. En el atardecer de este día de julio todavía hacía un calor bochornoso; pero que el vestido de Madeline se le pegara a la espalda tan empapado de sudor, dependía difícilmente del calor.

Norbert dio un codazo a Chris en el costado. El gerente del escenario estaba, cigarro en boca, de camino hacia ellos.

Micky extendió su mano hacia Tanja, pero en vez de subir con él al escenario, se colgó de Madeline.

—¿Tienes miedo escénico? —preguntó. Pues bien, en estas circunstancias él no debía interpretarlo como un desplante.

Madeline tragó saliva y no fue capaz de articular palabra, apretó una mano contra el pecho.

—Así no te reconozco en absoluto —dijo Tanja. Pero también era la primera vez que Madelina actuaba en público con ellos—. ¡Irá bien!

Chris se detuvo directamente tras el telón y dejó que el gerente le sujetara un micrófono inalámbrico. Al pasar Madeline por delante de él para ocupar su sitio en el *square*, le susurró un beso en la mejilla. —Pareces un cadáver, *darling*.

—Pues, muchas gracias. ¡Un cumplido fantástico!

—Enseguida te irá mejor. —La retuvo y la besó en la boca, sus ojos brillaban de loca alegría.

El chispeante humor de Chris parecía contagioso. Traviesa, Tanja alcanzó hacia la mano de Micky y se envolvió en su brazo, antes de que se alinearan en orden. La llameante mirada que le lanzó en ese momento le quitó el aliento por un instante: ¿No se asemejaba a la que Madeline había tenido hacia Chris? Pero seguro que solo se lo había imaginado.

El telón subió y el gerente los presentó. Chris levantó la mano; los violinistas comenzaron con la primera pieza y Chris cantó sus *calls: "Bow to the partner. Join and circle to the left for a while... Walk around the corner..."*

Cuando Tanja agitó sus faldas en el *"walk"*, el olor que la rodeaba se hizo más intenso. Su madre había vuelto a utilizar suavizante. Micky intentó desesperadamente contener el estornudo. *"Circulate... And swing your girl..."* La cogió en posición de baile y por un instante ella se apoyó en su brazo antes de seguir su suave presión en el movimiento. Cuando bailaba con él se convertían en una unidad, y Tanja sabía un segundo antes de su siguiente señal qué quería de ella. Pero en cuanto la música se terminaba, ella era distante y sarcástica.

Luego la actuación se terminó. Desde los espectadores llegó un aplauso verdaderamente frenético. ¡La gente no había aplaudido así con los otros bailarines de *square dance*! Tanja soltó una larga bocanada, como si hubiera aguantado la respiración. Aunque ella ya había actuado muy a menudo, parecía que el miedo de poder cometer un error la sobrecogía cada vez. Aguantó sin comentarios que él la cogiera de la mano y le acariciara el dorso de la mano con el pulgar.

Tiró de ella hasta el borde del escenario. —¡Reverencia!

Luego el telón se impuso entre ellos y los espectadores. El gerente señaló hacia una caja de latas de agua mineral, y Mikcy cogió dos, para sí mismo y para Tanja.

Madeline se quitó el sudor de la frente con el brazo. —¿Es siempre tan enervante?

Carola rió. —Y ni siquiera era una competición.

—¡Quién lo sabe! —Norbert había conseguido encontrar una cerveza y ahora una barba de espuma en su rostro. Prescindió de las escaleras y saltó desde el escenario, directamente frente a su hijo, que había esperado ahí hasta el final de la actuación.

Oliver saltaba arriba y abajo. —¿Vamos ahora a la montaña rusa, papá? Jasmin y Maike ya se han montado dos veces.

—¡Pues claro! Recuperamos terreno enseguida. —Norbert se echó el Stetson a la nuca y se despidió con una amplia sonrisa. Con la mano en el hombro de Oliver, lo empujó a través de la multitud.

Micky aún sujetaba la mano de Tanja cuando bajaron las escaleras. De repente eso la puso nerviosa. —No voy a perderme. —Retiró su mano.

Él la miró desconcertado, entonces se encogió de hombros.

Chris bajó por las escaleras junto al escenario, ensimismado en una animada conversación con un masivo hombre de poco cabello. Su traje era demasiado caro para un feriante. De algún modo, le parecía conocido, pero en ese momento no se le ocurría dónde encasillarlo. ¿Un político?

Chris estiró la mano hacia Madeline y tiró de ella hacia sí. *"Madeline, please meet Ralph Kincaid."*

¡Kincaid, el productor de cine! Ningún tipo del Senado. Efectivamente, había visto al hombre en algún programa de televisión.

"Ralph, meet Madeline Lagrange." Chris pronunció su apellido a la francesa, no al modo berlinés. Así sonaba mucho más elegante; Tanja disimuló su sonrisa. *"She's the granddaughter of one of the heads."* ¿Qué clase de cabeza? ¿De qué?

—Nunca alardearía de abuelo —le dijo Madeline a Chris en alemán. ¿Hablaban del club de baile Lietzensee?

Kincaid no parecía haberla entendido. *"Nice to meet you, Miss."*

Luego se volvió de nuevo hacia Chris. Obviamente, sólo hablaba inglés. —Tu tropa me ha convencido, Chris.

Tanja se acercó. —¿Convencido de qué? —No hacía ningún esfuerzo en disimular su desconfianza.

Kincaid se giró hacia ella. —Vuestra tropa es la mejor de todas las que he visto en estos días.

—¿Se interesa por algo así, Mister Kincaid?

"Ralph, please." Se giró de nuevo hacia Madeline. —*Miss...* Madeline, ¿podría su abuelo tomarse algo de tiempo quizá hoy o mañana para mí? —¡Sí que tenía prisa!

—¿Por qué querría hablar con abuelo, Ralph?

—Porque quiero tenervos. Calculo tres días de rodaje.

Tanja tomó aire. —¿Días de rodaje? ¿Quiere contratarnos para una película? —Increíble—. ¡Los Álamos! —¡Eso era! Por eso le resultaba tan conocido Kincaid—. Manolo Rioja está rodando "Los Álamos" en Babelsberg. Y usted es el productor, ¿cierto? —No podía ser real, soñaba.

Madeline rió. —¿Cómo así están tan al tanto, Tanja?

—Lo dieron en todo detalle en el canal de televisión local *rbb*. —Sus manos se humedecieron de agitación—. Manolo Rioja es el protagonista. Será un bonito *western* clásico...

Chris la interrumpió con un gesto de la mano. —Explícanoslo luego en el bar.

—Su entusiasmo es un gran cumplido para nosotros. —Kincaid sacó su móvil del bolsillo de la chaqueta, lo miró y tecleó una rápida respuesta. Luego se volvió de nuevo a Tanja—. Les explicaré todo lo que quieran saber de la película.

—¿Un *western*? —Madeline miraba incrédula de ella a Kincaid—. ¿Están rodando un *western* en Alemania?

—Sale a cuenta. Su país tiene grandes subsidios a la industria del cine. —Sonrió maliciosamente—. Y aquí se puede conseguir casi todos. Extras para las tomas de *square dance*, por ejemplo. —Volvió a sacar su móvil—. Sólo para las escenas fuera de Los Álamos nuestros *scouts* no han encontrado ninguna *location* útil. Esas las rodaremos en Francia.

De la excitación, a Tanja se le secó la boca; no debería haber dejado la lata de agua mineral tras el escenario. —Extras. Seguro que necesitan una gran multitud de ellos en un *western* así.

Kincaid la miró de arriba abajo. ¿Reflexionaba si la podía utilizar?

Rápidamente, prosiguió. —En las vacaciones trabajo como extra para pagarme los estudios. —A decir verdad, sólo lo había hecho dos veces, y sólo para televisión; el cine, eso era seguro otro número. Pero eso no necesitaba decírselo.

—¿A cuántos de los nuestros quiere contratar? —Madeline, como siempre, era más aficionada a reflexiones prácticas; no parecía que los actores le interesaran especialmente.

—Quiero tres *squares*. De ahí, dos parejas serán actores y extras del plató de rodaje. ¿Lo conseguirá, Chris?

—Estos actores, ¿podrían bailar algo? —preguntó Chris.

Kincaid se encogió de hombros. —Bastará. Es realista que no todos son igual de buenos. Y no los grabaremos directamente.

—¡Eso es arriesgado, Chris! Aún si sólo falla uno de nuestros bailarines sustitutos, la historia fracasará. —Madeline, evidentemente, quería disuadirlo de ello. ¡Oh, no! Tanja le lanzó una mirada rabiosa. No se lo perdería de ninguna manera.

Pero antes de que se le ocurriera algo, Chris llegó en su ayuda. —No te preocupes, *darling.* ¿Para qué tenemos una asociación entera? —Le pasó la mano por la espalda a Madeline tranquilizadoramente.

—No creo que consigamos otra gente de la asociación para ello. Abuelo temerá que los alejamos de él.

Micky se encogió de hombros. —Bajo mano...

—¡Exacto! —Tanja lo miró agradecida. ¡Micky sí que era el mejor!—. Y traeré a mi hermano conmigo. Axel está acostumbrado a ser mandoneado por mí. —En inglés, se dirigió de nuevo a Kincaid—. ¿Cuándo debe empezar?

—En cuatro semanas comenzaremos con el rodaje —contestó él.

—A lo mejor nuestro círculo por fin crece un poco y podemos formar de verdad un tercer *square.* —Madeline ahora sí parecía encontrar algo bueno de todo ello.

—Lo que entonces significa, que otra vez nadie se puede permitir faltar. —Carola rio sarcásticamente—. Y lo has conseguido sin mancharte, Chris.

—Conozco al menos una bailarina sustituta, a la que le gustaría tener un lugar fijo en el *square.*

Todos rieron, la mirada sobre Madeline: desde hacía unos meses tenía que estar al margen a menudo durante los entrenamientos, porque Bettina, la verdadera pareja de Hinnerk, bailaba de nuevo desde el final de su baja por maternidad. Como compensación, Tanja y Carola dejaban a sus parejas por turnos; pero naturalmente, eso no era ninguna solución.

Sonriendo, Chris puso su brazo alrededor de Madeline.

—Volveré a darte lecciones particulares hasta el rodaje.

3

Dos semanas antes de que comenzara el rodaje, Kincaid le comunicó a Chris que ya habían contratado a los extras para el *square dance*. Por ello Chris trasladó el entrenamiento de los martes a Babelsberg, para integrar a las dos parejas desconocidas en el grupo.

Micky recogió a Tanja en el Instituto de Arquitectura. Ella había hecho algo con su cabello y su rostro estaba enmarcado por pequeños rizos. La falda, que le llegaba un poco por encima de las rodillas, era lo suficientemente voluminosa como para sustituir el traje de *square dance*, en caso de que esa tarde no encontrara la ocasión para cambiarse de ropa.

Sus rodillas se ablandaron, cuando ella lo saludó efusivamente de manera totalmente inesperada. Él hundió el rostro en su cabello y quiso poner los brazos alrededor de su cintura, pero ella cogió su mano. —¡Ven! —Tiró de él a través del vestíbulo hasta una vitrina—. ¡He diseñado eso! —dijo ella llena de orgullo—. ¿Te gusta?

¡Si él sólo supiera, qué debería ser! Una torre alta, que tenía cierto parecido con un champiñón, sólo que la "cabeza" de cristal estaba formada por cuatro piezas, que se unían entre ellas únicamente en el tronco. Muy extraño. —Muy ingenioso. —Él sonrió tímidamente—. Seguro que ahí arriba uno se siente como si se sentara al aire libre.

—¡Exacto! Así debe ser. —Tanja brillaba aún más que antes, obviamente feliz con su respuesta.

—¿Y qué es?

Ella frunció el ceño. —¿Cómo... qué? Un rascacielos, por supuesto.

Por supuesto. —¿Se va a construir?

—¡Tonto! Es un trabajo para una asignatura. A veces ni siquiera se construyen las obras que han ganado un concurso. —Ella se apartó bruscamente, ¿acaso había dicho algo malo otra vez? Pero ella únicamente señalaba el reloj que colgaba bajo el techo—. ¡A la... batalla!

Encontraron Axel y los otros bailarines delante de la entrada de la área de estudios en Babelsberg. Chris había recibido de Kincaid, aparte de la dirección del estudio, un pequeño plano. No se deducía de este diseño que se tardaba una eternidad en llegar a pie de un extremo de la área al otro. Por eso todo el mundo conducía, mientras que ellos habían aparcado sus coches a la entrada. En el fondo se lo podían haber figurado.

—¡Pero si esto es magnífico! —Tanha tenía una expresión reverente en su rostro, mientras miraba atentamente alrededor—. Estos bastidores... sí que ha tenido que diseñarlos alguien. Me pregunto si podría sugerirle algún día a mi profesor construir una ciudad de cine.

Axel sonrió maliciosamente. —Podrías convencer a un elefante de que vuela... Así que eso tampoco debería ser un problema.

—No, lo es. Hay un programa de postgrado de "Decorado y espacio escénico". Podría largarse la idea allí. Aunque eso es nada más que para teatro y exposiciones, no para bastidores de películas. —Tanja dudando de sí misma, eso era algo totalmente nuevo. ¿Había ella pedido por eso su opinión sobre su obra? Y él había mostrado tan poco entusiasmo, seguramente ella estaba decepcionada con él.

A los diez minutos llegaron a una callejuela con fachadas de madera de dos pisos: la ciudad del oeste. —Si tuviéramos un proyecto así en clase de diseño, tal vez hasta se construiría. Eso sí que sería algo concreto.

Micky la cogió por el brazo. —Pero no especialmente duradero. —Hum... eso sonó mal. Ojalá ahora ella no pensara que él la quería disuadir—. Así como nosotros con nuestros cibermundos. Sólo virtuales para la eternidad. —Probablemente eso tampoco fuera mejor, mejor que no dijera nada más.

La calle frente a ellos parecía consistir en un terreno de arena pisoteado, pero seguramente había una calle asfaltada de verdad por debajo. La capa superior de arena se levantaba con ráfagas de viento. En algún lugar se habían instalado ventiladores que en caso necesario probablemente generaran hasta una tormenta.

Dos mujeres con amplios sombreros de plumas pasaron en bici por delante de ellos. Una camioneta aparcó delante del *saloon* y dos hombres arrastraron cajas de bebidas dentro. En la parte de atrás del edificio había un redil con cuatro hermosos y relativamente pequeños caballos.

La oficina de Kincaid estaba en la "salida del poblado" de la ciudad del oeste. Una despachadora respondona tras un ordenador le señaló secamente a Chris que pasara al edificio del estudio en frente, que se había alquilado para "Los Alamos".

—Gente muy amable por aquí. —Tanja habló tan alto que la despachadora debió oírla. La joven se puso roja. Cuando Tanja habló de sus tomas televisivas, siempre sonaba como si la gente fuera como una gran familia. Al parecer, no todos en este plató eran parte de ella. Pero la despachadora ahora sabía que esperaban respeto.

Micky todavía reía divertido cuando abrió la pesada puerta del estudio a Tanja. La resplandeciente luz de focos de estudio lo cegó tras un par de pasos. Estaban de pie frente a un tipo de salón con una gran chimenea abierta en la que estaba encendido un fuego. No obstante, hacía más fresco que afuera, el aire acondicionado compensaba incluso el calor de focos. No estaba encendida ninguna de las cámaras, probablemente estaban ensayando sólo.

El hombre con un elegante traje negro era Manolo Rioja, el protagonista. Estaba de pie con un vaso de *whisky* medio lleno en la mano junto a la chimenea y miraba furioso a un hombre con ropa de *cowboy* sucia y desgastada. Un contraste impresionante que inmediatamente dejaba clara la relación entre los dos hombres. Rioja hablaba español, el otro inglés. Interesante. Al parecer cada uno tenía un guion en su propio idioma; vaya gasto.

Chris había encontrado a Kincaid y ahora los conducía por delante de la escena por un estrecho pasillo a otro espacio del estudio. En el centro había un gran podio de madera; por lo demás, el espacio estaba vacía excepto por una mesa, sobre la que había un pequeño equipo de música.

Kincaid les presentó a un hombre canoso como el *Assistent Director*, o sea, asistente de dirección. Jack Harten se encargaría de todo lo que necesitaran. Luego, Kincaid desapareció.

Sobre la pared se apoyaban una mujer mayor y un hombre joven, conversaban en voz baja. Harten quería empezar los ensayos sin la segunda pareja que faltaba, y los llamó por señas: "Emily", Beate Schäfer, y "Terence", Franz Daubert, vendrían desde uno de los ranchos a Los Alamos para la fiesta.

Chris alineó dos *squares*, para enseñar a los extras las *calls* con las que empezaría el baile. Dejó bailar inmediatamente a Axel, porque Tanja ya le había enseñado en casa las figuras previstas, porque excepcionalmente hubo una sucesión fija. *"Bow to your partners... and promenade... circle to the right..."* Chris no cantó las *calls* como siempre, era desconcertante.

Después Chris pidió a los dos extras que sustituyeran a Lydia y Norbert. El comienzo era bastante fácil, tras la segunda repetición estaba contento y pasó a las siguientes *calls*. De nuevo, hizo que le demostraran primero las figuras y luego, los extras sustituyeron a Tanja y Hinnerk.

Decepcionada, Tanja se apoyó junto a Chris en la pared. Qué aburrido se presentaba esto. Una buena obra para las finanzas de la asociación, nada más. Había sido ingenuo pensar que tendría la oportunidad de conocer a Manolo Rioja.

—Eres una profesora fabulosa, Tanja. *"Double pass thru."* Chris señalaba a Axel mientras los bailarines en el círculo pasaban unos por delante de otros. —¿No puedes convencerle de que se apunte con nosotros? – *"First couple go left. Next couple go left."*

—Más bien quiere dejar también el círculo de baile. Su banda es ahora mismo más importante para él.

"...and promenade." Brazo con brazo, las parejas andaban el círculo. Esta Beate sí que se apoyaba de verdad sobre el hombro de Micky... Si ella no tuviera tantos más años que él, sospecharía que la mujer quería levarselo al huerto. ¿O lo quería de verdad?

Luego Chris la mandó a ella y a Hinnerk de vuelta a sus *squares* y dejó sustituir a Madeline y Simon Hülter.

Cuando empezaron con la cuarta parte de las *calls*, Rioja entró seguido de una chica en edad adolescente. Tanja consiguió el aire en la garganta equivocada por la excitación y empezó a toser.

Rioja lucía aún mucho más atractivo que en las películas;

ella habría esperado más bien lo contrario. Los hilos plateados en su negro cabello y las sienes canosas se habían pintado para el papel, para hacer que pareciera de cincuenta y muchos. No obstante, él era el hombre más apuesto que había cruzado en su camino. Y ahora lo tenía frente a ella en realidad.

—Impresionante. —Ella miró fijamente a Rioja y inmediato entró tarde al siguiente paso. Micky tuvo que hacerla moverse con un enérgico empujón. Irritado, mantuvo la mano apoyada en su cadera más de lo necesario y luego, él mismo fue medio compás tarde.

Rioja observaba el baile. ¿La miraba más a menudo que a las otras? Ella miraba una y otra vez hacia él, pero no podía averiguarlo.

Poco después volvía a no estar en sincronía con los movimientos de los otros y llegó demasiado tarde al centro del *square*.

—¿Dónde tienes los ojos? —le susurró Micky al oído cuando ella volvió a estar junto a él—. Concéntrate, por favor.

Ella asintió y apartó su mirada de Rioja. Ojalá sus fallos le hubieran pasado desapercibidos. ¡Qué embarazoso sería eso!

En la siguiente pausa de baile, Rioja se acercó a Chris. *"I´m supposed to dance with you. Instruct me, please."* Ah, así que él y la chica eran la pareja que faltaba para el tercer *square*.

¡Era la oportunidad de su vida! Si ahora era lo suficientemente rápida, para crear los hechos consumados... Le dio un empujón a Micky. —¡De prisa! Eres nuestra mejor pareja de prestar. Preocúpate de la pequeña.

Micky puso los ojos en blanco. —Prestar se convierte en un hábito para ti. ¿Qué se supone que me dice eso?

Lo miró sonriendo maliciosamente. —¿Que soy generosa? ¿Que celos es una palabra desconocida para mí?

Él soltó una carcajada. —Como si la chica pudiera compararse algo contigo. —Inesperadamente se puso rojo y se dirigió rápidamente hacia Chris—. ¡Dinos!

Chris dejó que se quedara en su sitio y mandó a la chica donde él. Tanja se mudó en el *square* de Axel en que debía bailar Rioja. Casi no podía ir mejor. Ella solo pudo ocultar con esfuerzo la sonrisa que quería ensancharse en su rostro.

Poco después Rioja estaba junto a ella en el círculo y con *"circle left"* la agarró de la mano. Sus dedos eran ásperos, como si habitualmente trabajara con las manos. ¿Cómo llegaba alguien como él a tener callos? Lo examinó más de cerca.- Su cabello negro estaba peinado con raya al medio, lo que le daba una apariencia muy anticuada. La oscura sombra de barba era indudablemente verdadera, pero últimamente ¿también había llevado bigote o estaba pegado? Hacía ya un tiempo que había visto una entrevista con él. En Alemania era poco conocido, pues apenas había *western* en el cine.

Beate, Franz y la joven, que se llamaba Ana y venía de Madrid, dejaron que les mostrarán otra vez algunos pasos al final del ensayo fijado. Pero Rioja se marchó, antes de que Tanja aun pudiera dirigirle una sola palabra. ¿Por qué tenía tanta prisa? A pesar de todo era la estrella, seguramente podía distribuirse los ensayos como le pareciera adecuado.

Micky la cogió por el hombro y con ello la sacó de sus pensamientos. —Vámonos.

Chris agitó la llave de su coche como invitación, la otra mano en la cintura de Madeline. —Hemos acabado por hoy. Nos vemos el viernes en la asociación.

—Marchaos; yo todavía quiero mirar un poco más por aquí. —Y no quería que Micky estuviera—. Carola, ¿qué haces?

Naturalmente, Carola no la dejó tirada, al fin y al cabo, era su mejor amiga. Pero la gira fue aburrida. Un edificio del estudio junto al otro; a Tanja no le interesaban. Más bastidores que le recordaban a la arena de Verona, donde las escenografías también estaban parados afuera, cuando no se necesitaban. Ni rastro de Rioja. Finalmente se dio por vencida y fueron en dirección a la salida.

Carola se quedó parada abruptamente. —Mira ahí. Una cola como la de delante del instituto de empleo.

—Porque es uno de esos; en cierto modo. —Sobre la puerta de entrada se leía "Oficina de reparto".

Deambularon un poco más. Carola señaló al enorme cartel que colgaba del siguiente edificio. —¡Impresionante! —Tenía más carácter de un cuadro que de un cartel de película, y mostraba una batalla de una época en la que aún había caballería. Una de estas escenas de masas.

¡Escenas de masas! ¡Eso era magnifico! Tanja se quedó quieta. —Ven, ¡tengo una idea! —Cogió a Carola por el brazo e intentó tirar de ella de nuevo hacia la oficina de reparto.

Carola se opuso contra la presión de su mano. —¿Qué planeas?

—Quiero averiguar algo.

Carola empujó su mano al lado. —Si vas a ponerte tan misteriosa, no voy contigo.

—Tal vez todavía necesitan más extras para "Los Alamos". —Seguramente entonces encontraría una oportunidad mejor para conocer a Rioja que en el *square dance*.

—Ya tenemos bastantes bailarines.

—No como bailarinas. Gente. Chicas del bar. Yo qué sé.

Carola la miró fijamente todavía un momento más, entonces empezó a captarlo. ¡Al fin! —¿Quieres presentarte?

—¡Presentarnos!—Volvió a tirar a Carola del brazo—. Con una escena de extra podrías mejorar tus finanzas maravillosamente. En cualquier caso, es muy ilógico si nadie de los *square dancers* pasea por las escenas también en otras ocasiones. Bailan en una feria, o algo similar, así que tiene que ser gente que viva en Los Alamos.

—Quizás tengas razón. Pero no debemos ir a esta oficina de reparto, sino hablar con Kincaid o Harten.

—Tú eres una amiga verdadera, Carola. —Encantada se dejó caer sobre su cuello—. Tienes razón, entonces la oportunidad de que nos contratan será mayor. Al fin y al cabo en la oficina de empleo no tienen ni idea de nada.

—Sólo hay un problema: "nosotras" no es posible. No puedo poner en juego mi aprendizaje.

—¡Pero puedes usar el dinero! —La miró suplicante—. Y de todas maneras el aprendizaje no te gusta para nada.

—Pero el trabajo sí. —Cogió el cabello de Tanja y sacó un mechón del peinado—. ¿Lucirías tan *chic* de pelo sin mí? Sólo el salario. —Carola suspiró—. Y las clientas. —Apretó los labios. Pero aun así la acompañó.

De vuelta en el estudio, encontraron a Kincaid. Nuevamente divertido por el entusiasmo de Tanja, aceptó. También entendió que Carola tenía sus dudas debido a su aprendizaje, pero que realmente también le gustaría actuar. También encontró una solución para eso: Después de todo, Carola tenía un día libre por semana regularmente.

Tanja se jactaba con descaro de su escasa experiencia televisiva y consiguió una aparición individual: en el papel de una joven hija de granjero, Tanja debería realizar compras en Los Alamos. Más tarde, en el ataque a la fiesta, caería víctima de una flecha india. Lamentablemente, no moriría en brazos de Rioja, pero para eso ya se le ocurriría algo.

Carola consiguió una escena en el bar, donde, debido a un accidente, una chica se había perdido.

4

Caliente y estrecho: tres horas antes del comienzo fijado del rodaje, Tanja entró en el camerino para extras, Carola intimidada tras ella. El aire era sofocante, no había ventanas y el aire acondicionado parecía abrumado en ese día de calor extremo.

Dos mujeres ayudaban a otras atarse los corsés y ponerse los vestidos. Otras tres estaban sentadas frente a grandes espejos. Una se quitaba el maquillaje, las otras dos se dejaban maquillar mientras, al mismo tiempo, dos peluqueras les arreglaban el pelo y hacían rizos.

Ninguna parecía como si su tarea fuera organizar algo ahí.

—¡Hagan paso, por favor! —Una joven mujer rodaba un perchero lleno de vestidos por la puerta.

Tanja se movió un paso de lado y se empujó contra una silla. —Disculpe... —Cogió a la mujer por el brazo—. Somos nuevas, ¿quién es a cargo aquí?

La mujer soltó su perchero de vestidos. —¿Quiénes sois vosotras?

—Yo soy Tanja Walters y...

La mujer la interrumpió con un resoplido. —¡Quiénes sois! No cómo os llamáis.

—Ah, ya, claro. —Cómo demonios podía ser tan tonta; su rostro empezó a arder de vergüenza—. Yo soy la hija del granjero, Susan Miller, y Carola... es la chica del bar Daisy.

La mujer se giró hacia Carola y la examinó de arriba

abajo. —¿Talla 40? —Carola puso una cara como si le hubieran pegado. Seguramente se enfadara porque, otra vez, no había seguido su dieta—. Ahí están colgados los vestidos para las chicas. Debería haber algo que te quede bien.

Carola fue hacia las perchas en la pared y empezó a avistar los vestidos.

—Y tú, Tanja, ¿tú eres Susan? Tu traje lo recojo del vestuario. Desvístete mientras tanto. —Antes de irse, se volvió hacia una de las peluqueras y le explicó que debía hacer con Tanja y Carola.

Mientras maquillaban a Carola, esta parecía interesarse más por la mujer que peinaba a Tanja que por su propio maquillaje: observaba atentamente cada maniobra con las que la peluquera daba al cabello medio largo de Tanja la impresión de más abundancia y largura. Seguramente Carola no se atrevió otra vez a abrir la boca, aunque Tanja le hacía señas con la cabeza para alentarla.

Por eso empezó ella misma a interrogar a la peluquera: se enteraron de que era tenía contrato fijo en Babelsberg y era responsable de los extras. Las estrellas a menudo traían su propio personal, porque, naturalmente, se dedicaba mucha más atención a su apariencia y equipamiento.

Una hora más tarde estaban peinadas y maquilladas, y metidas en sus trajes. Carola llevaba, sobre tres enaguas, un vestido azul marino con un profundo escote y muchos volantes. Carola había maldecido desenfrenadamente a primera vista el vestido, pero, sorprendentemente, no la hacía parecer gorda, sino más femenina. Por el contrario, Tanja parecía pobre en su sencillo vestido gris de lino; pero el sombrero que debía llevar era bonito.

La escena de Tanja preveía que "Susan" diera la lista de la compra en la tienda y luego quisiera ir a buscar a su *cowboy* para que cargara. Lo encontraría en el *saloon,* lo que ella había esperado. Pero no, que él estuviera a punto de ir a una habitación con una bailarina. La consiguiente bronca con el *cowboy* condujo entonces a una pelea general.

Carola se sentó en el banco frente a la oficina del *sheriff* mientras se ensayaba la toma exterior de la secuencia de Tanja. Delante de la tienda estaba el carruaje de "Susan" con el caballo. Obviamente también estaba ahí sólo como sustituto, porque reaccionaba cada vez más inquieto a la operación del rodaje.

La tarea de Tanja en el comienzo de la escena era bastante sencillo: tenía que abrir, invisible a la cámara, la puerta de la tienda desde adentro. Luego se quedaría quieta un momento en el *sidewalk*, miraría alrededor buscando al *cowboy*, bajando los escalones con faldas recogidas seguiría a buscarlo con la mirada y, finalmente, cruzaría la calle para ir al *saloon*.

Tanja entró en la tienda. En el verdadero Los Álamos seguramente tampoco hacía más calor que aquí en Babelsberg. Si no hubiera llevado guantes, sus dedos bañados en sudor probablemente se habrían resbalado en el pesado pomo de la puerta. ¿Tenían que estructurar el escenario tan real, que también prescindían de picaportes en el interior? Con algo de esfuerzo abrió la puerta.

En el momento en que "Susan" salió de la tienda, Manolo Rioja vino del despacho de la dirección. "Susan" se quedó parada de repente y lo miró fijamente con la boca abierta. ¿La veía él?

—¿Qué pasa, chica? —llamó Jack Harten, impaciente.

"Susan" miró hacia él, luego su mirada aterrizó otra vez sobre Rioja. Cerró la boca de golpe y bajó los dos escalones a la calle, como estaba previsto. Mientras tanto debía mirar alrededor buscando a su *cowboy*, pero su mirada estaba fija en Rioja.

—¡Alto! ¡Todo de nuevo! —Jack gesticuló con las dos manos y la mandó de vuelta a la tienda.

Suspirando, ella se giró y entró.

"Susan" volvió a salir de la tienda. Rioja había desaparecido. Bajó los escalones y lo buscó con la mirada. ¿A dónde podía haber ido? ¿Quizás a la cantina? Frustrada, arrugó el entrecejo.

—¡Muy bien, chica! La expresión en tu cara es precisamente la correcta. ¡Sigue!

Irritada, guiñó a Jack. Luego comprendió lo que debía hacer.

"Susan" se golpeó el puño izquierdo en la palma de la mano derecha; luego recogió sus faldas y dio zancadas en dirección al *saloon*.

—Hasta aquí. ¡Cámara! —Jack sonrió maliciosamente a "Susan"—. Simplemente, ¡no te olvides de tu cara!

Carola, en el banco enfrente, se rio para sus adentros tras una mano alzada. A veces podría estrangularla.

Aunque rodaban al aire libre, los focos estaban conectados para asegurar la iluminación correcta. El camarógrafo se puso en posición; Helen, la continuista, avanzó con la claqueta.

"Susan" regresó a la tienda.

"Susan" volvió a salir y miró a su alrededor, buscando. Luego dio los pasos previstos escaleras abajo y siguió mirando alrededor. Ni rastro de Rioja todavía. Sus hombros se desplomaron.

Enfrente, Carola gesticuló violentamente con los brazos e hizo mohines. ¿Qué le pasaba?

Jack dejó que la cámara parase. —En fin, otra vez.

"Susan" estaba ahí de pie con cara de tonta.

Él fue donde ella y le dio unas palmaditas en el hombre. —Ningún problema, chica. Todavía eres bastante nueva, ¿no es cierto? De hecho, ¿cómo te llamas?

—Susan... eh, Tanja... —Estaba totalmente confundida.

—Bueno, Tanja. Imagínate que tu novio te ha dado plantón. Hay huelga en el metro y tienes que caminar a casa. ¿Cómo te sentirías?

Ella guiñó los ojos. —Pues, le diría cuatro cosas. — Se puso los puños en las caderas—. Lo mandaría a freír espárragos. —Para nada cierto: a Micky le podía perdonar todo; sólo que nunca estaría en esa situación.

—¡Exacto! Y con ese pensamiento vas al *saloon*, para despedir a Gary.

Aliviada, soltó una carcajada. —Voy a pensar en un par de ideas asesinas.

Todavía tardó un rato, pero finalmente la escena fue filmada. Lo siguiente que estaba previsto era la pelea en el *saloon*. Se tardaría media hora hasta que el escenario estuviera iluminado. Ahí tenía Carola también su primera escena, ¿se reiría todavía tan sarcásticamente después?

Tanja se quitó los guantes húmedos. —¡Ahora necesito un café! Si nos damos prisa, conseguiremos ir y volver.

Carola señaló a dos hombres que pasaron por delante de ellas en bici sosegadamente. —La próxima vez yo también me llevo mi bici.

—Buena idea; cogeremos el tren de cercanías. Desde la parada Griebnitzsee hasta aquí, no hay lejos.

A una distancia considerable de la ciudad del oeste encontraron una cafetería con autoservicio.

Cuando Tanja abrió la puerta, jadeó por aire, sorprendida, y tuvo que recordar expresamente a cerrar la boca. Junto a la ventana, en el último rincón, Manolo Rioja estaba sentado y examinaba su móvil.

Nerviosa, ella miró hacia el reloj sobre la barra. Habían necesitado casi diez minutos para llegar y frente a la máquina de café había una cola de cinco personas.

Carola pasó por delante de ellos directamente a la máquina. —Tenemos que estar enseguida de vuelta en el plató. ¿Podrían tal vez evitarnos la espera? —Puso su mejor sonrisa y aleteó las pestañas mientras miraba al hombre, que iba siguiente en la cola. En cuanto al coqueteo, era una actriz excelente. Visto así, probablemente no tuviera ninguna dificultad con su papel de "Daisy".

El hombre se encogió de hombros. —Pues... —Se volvió hacia los otros—. Si no tenéis nada en contra, permitamos a las dos su café.

—Muchas gracias. —Carola levantó tanto su falda, que pudieron ver los tobillos; luego hizo una reverencia muy conforme a la época—. Sí, en el salvaje oeste los hombres sabían cómo se trata a una dama. —También le dedicó al siguiente una mirada coqueta.

El joven hombre rio. —Todavía sabemos. Dame la oportunidad y te lo demuestro.

Mientras Carola seguía con su coqueteo, Tanja se puso junto a la máquina e hizo que sacara dos cappuccinos grandes. Le tendió a Carola una taza, miró a su alrededor, como si buscara un asiento, y luego fue derecha a la mesa en la que Rioja estaba sentado.

Dejó su taza y le tendió la mano. —Mañana tengo una escena con usted —dijo ella en inglés—. Me llamo Tanja, en la vida real. —Le sonrió.

Él asintió. —Me acuerdo de usted, hemos bailado juntos.

Sin preguntar, se sentó frente a él. —He visto todas sus películas, señor Rioja. También las que ha rodado para la televisión española.

—Entonces sí que debo considerarla como mi fan. —Se inclinó hacia la mesa de al lado y cogió una servilleta de papel del soporte de ahí. Luego, cogió un bolígrafo de su funda de móvil—. ¿Cómo te apellidas?

Ella lo miró fijamente otra vez y solo pudo cerrar la boca con esfuerzo. ¿Qué tenía que pensar de ella? Debía tomarla por una adolescente inmadura si se seguía comportando tan tonta.

—Walters —dijo Carola a su espalda—. Tanja Walters.

Manolo miró arriba hacia ella. —Gracias. ¿También eres mi fan?

Carola se aclaró la garganta y puso cara avergonzada.

Él sonrió divertido. —Puedo entenderlo. Yo también me encuentro bastante... loco.

Carola soltó una carcajada, anduvo alrededor de la mesa y se sentó junto a él. Cuando cogió los paquetitos de azúcar en el medio de la mesa, su mano rozó el brazo de Manolo; ¿qué fue todo eso? Pero él desplegó imperturbable la servilleta una vez y empezó a escribir.

Entretanto, alzó la vista y miró a Tanja. Ella se puso muy caliente. ¡Qué ojos tenía este hombre! Un abismo en el que ella podría perderse.

—Emocionante. —Había susurrado, más pensando en alto que queriendo decir algo. Pero Carola arqueó las cejas y puso cara de preocupada.

Manolo terminó su obra con una firma dinámica y deslizó la servilleta sobre la mesa hacia ella. —¿Tanja?

Ella tartamudeó un par de palabras de agradecimiento antes de tender la mano allí. Con cada palabra que leía, tenía más calor. Con voz áspera, le volvió a dar las gracias.

Las cejas de Carola se movieron cada vez más alto y le quitó la servilleta a Tanja para leer también el texto. —Yo podría escribir a usted para sus fans alemanes uno o dos modelos. —Cuidadosamente, escogió su inglés—. No todos son buenos en inglés. —¡Maldita sea, a eso podía haber llegado ella misma!

Él miró a Carola un momento, como si primero tuviera

que descifrar sus palabras; luego sacudió la cabeza. —Tengo un profesor de alemán para el tiempo en que estoy filmando aquí. Él lo hará.

Por cuatro semanas, ¿hacía el esfuerzo de aprender alemán? Tanja estaba profundamente impresionada. —Lo que empiezas, lo haces a fondo, parece.

Él asintió. —El secreto para tener éxito.

Carola sonrió divertida.

. —Eso explica mucho.

Manolo la miró sumamente interesado. Tanja dio una patada a Carola en la espinilla bajo la mesa. ¿¿Por qué tuvo que atraer tanto su atención a se? Ella le quitaba todas las oportunidades que tenía para conocerla.

Carola terminó de beber su cappuccino. —Nos han contratado como extras. Nuestro descanso ha terminado. — Se levantó y a Tanja no le quedó otra opción que seguirla.

Cuando se giró en la puerta, su mirada se cruzó con la de Manolo. Que su mirada la siguiera... interesante. A lo mejor sí que había causado suficiente impresión; y ojalá, una buena.

Carola le dio un empujón en el costado. —Eh, ¡no te caigas por él! Él va a estar aquí cuatro semanas. Entonces no lo volverás a ver.

Tanja arrugó la nariz. —¿Quién sabe? ¿Crees que podría haberme imaginado, no solo verlo en persona, sino también llegar a conocerlo de verdad? —Extendió los brazos y giró una vez en círculo—. ¡Todo es posible!

Carola resopló indignada. —¡Es una estrella de cine!

—Ya, ¿y? Cuatro semanas también es tiempo.

—¿Y después?

Ella sonrió satisfecha. —Luego tendré algo que podré recordar. O contárselo a mis nietos.

Carola resopló otra vez. —Estás pirada. Loca o como se diga.

—Déjame divertirme. —La cogió del brazo. Ahora sí que era realmente la hora de volver al rodaje.

—¿Y Micky?

—¿Micky? —Por un instante no supo qué responder —. No tiene nada que ver con Micky. Y tampoco le concierne.

Carola se veía aún más que antes como si pensara que era demente.

5

Debido a que los bailarines de *square dance* que trabajaban, el primer día de rodaje se fijó para un sábado. Tanja y Axel esa vez fueron en tren de cercanías y bicicleta. El tiempo era demasiado bueno como para torturarse como parte de la avalancha de coches del fin de semana en la autopista Avus. Eso le había dicho también a Micky, cuando le ofreció recogerles a Axel y a ella. Pero sobre todo, ella quería poder ir y venir como le conviniera.

La escena de los bailarines de *square dance* formó parte de una secuencia larga y de lo más dramática: una fiesta en Los Alamos, a pesar de la guerra con los mexicanos. Mientras en la distancia retumban los cañones de la batalla, acompañados de violín tradicional y concertina, los indios, aliados con los mexicanos, se acercan a hurtadillas y asaltan la ciudad. La fiesta termina en sangre y fuego. De los bailarines de *square dance* del club de baile Lietzensee Lydia, Norbert, Chris y Tanja eran previstos como cadáveres.

Los bonitos *petticoats* con los que actuaban normalmente, no eran acordes a la época, naturalmente. Por eso, habían llevado a la prueba del martes los trajes de *square dance* con las faldas largas, pero estos también habían sido completamente rechazados por la decoradora. No había juzgado de estilo auténtico ni los trajes de los hombres: cortados de manera demasiado moderna. Los trajes que ella llevó en su lugar a las bailarinas esa mañana eran menos coloridos y eran de algodón y lino relativamente grueso. Las blusas por lo menos tenían un par de encajes. Apenas se podía creer que las mujeres de Los Alamos no se vistieran más guapas para una fiesta.

—Ya afirmamos nosotros que estamos cultivando tradiciones, ¡y luego algo así! —Carola examinaba en el espejo, cómo la peluquera recogía su pelo artísticamente y luego sacaba mechónes individuales y lo rizaba—. Pero a mí esto parece tampoco muy auténtico. Seguramente en el salvaje oeste ninguna mujer se tomaba el tiempo para tal pomposidad. ¡Sólo hasta que las pinzas rizadoras estuvieran calientes! Un moño y listo.

La peluquera rio. —Los vestidos costaban dinero que las mujeres a menudo no tenían. El pelo largo, en cambio...

—O unas cintas de colores. —Tanja tomó una cinta de terciopelo azul de su tocador y la puso frente a Carola—. ¿Cómo escondéis el mechón rojo de Madeline? ¿Sobrepulverizar?

Madeline agitó un sombrero cuáquero como el que llevaba Grace Kelly en «High Noon». —No debe caerse de mi cabeza. —Pero probablemente no había peligro: el sombrero tenía cintas anchas con las que fue atado al lado de la barbilla.

Cuando Tanja llegó afuera con Carola y Madeline, Manolo recorrió la escena con Chris. En el *sidewalk* de al lado, el *fiddler* estaba sentado y escribía con un lápiz en su partitura.

Manolo estaba vestido al estilo de un rico haciendero mexicano: traje negro, pajarita con puntas largas y una camisa blanca con volantes. Ninguna arma. Como español, también en apariencia era perfecto para su papel: el haciendero se encuentra entre los frentes de esta guerra y se mantiene al margen por mucho tiempo. Pero el ataque a Los Álamos le haría darse cuenta de que debe decidirse.

Jack dio instrucciones a una joven que estaba dibujando marcadores de tiza para el ensayo de colocación. Su sonrisa se amplió al mirar a Tanja. —El peinado debe ser obra de Carola otra vez.

Carola miró hacia abajo y se anudó los dedos.

Tanja sonrió. —Ella siempre ha hecho todo nuestro grupo.

El señaló al centro de la calle. —Chris sabe dónde alinearse antes de que empiece el baile . Entonces fue a ver a la esposa del pastor de Los Álamos.

Los ojos de Madeline se iluminaron, como siempre, cuando alguien mencionó a Chris. Se fue a la pista de baile.

Carola sujetó a Tanja cuando intentaba seguirla. —No creo que me hagas popular, si le dices a todo el mundo que os estoy peinando.

—¿Crees que ofendería a los peluqueros con eso? —Se encogió de hombros—. ¡Si puedes hacerlo igual de bien! Las pobres tienen mucho que hacer; pueden estar contentas de que tú hagas una parte del trabajo por ellas. —Y Carola debería estar contenta de haberlo puesto en perspectiva. ¿No se había dado cuenta de la oportunidad que tenía aquí? Era demasiado tímida, ¿ma por qué? ¡Era buena!

Chris le extendió un brazo a Madeline y la atiró hacia él. Luego la besó como si no se hubieran visto en una semana.

Chris ocupado; ¡esa era la oportunidad! Tanja se cogió del brazo de Manolo. *Chris is supposed to explain, what we have to do. But now he's busy ...* Dejó que un pícaro hoyuelo viera y le pidió que le mostrara en lugar de Chris lo que debía hacer.

Mil pequeñas arrugas se formaron alrededor de los ojos de Manolo mientras le devolvía la sonrisa. Se volvió hacia Carola y hizo un gesto para que se acercara. —Se lo explicaré a vosotros .

Tanja levantó las cejas como advertencia. Carola le hizo

el favor de no distorsionar su cara y se quedó medio paso atrás mientras se dirigían al *sidewalk*.

Micky dejó el camerino con Norbert. Mientras caminaban por la *Main Street* de Los Álamos, Kincaid vino de un callejón lateral con un hombre de la brigada de bomberos de cine. Había dos camiones de bomberos al final del callejón. Algo realmente tenía que arder cuando los indios incendiaron la ciudad por la tarde. Entonces alguien deberá asegurarse de que el fuego no se descontrolara.

La inconfundible risa de Tanja sonó del otro lado de la calle. Se colgaba del brazo de Rioja y le miraba fijamente como un ternero lunático. Micky apretó los puños. Al igual que Tanja y Carola, debería haber conseguido un papel extra; uno en el que pudiera luchar, preferiblemente con Rioja.

El músico estaba sentada con las piernas colgando en el *sidewalk* y afinó su violín... o *fiddle*... o lo que sea que estuviera tocando. Jack Harten y su continuista hablaron con dos hombres en pantalones cortos y camisetas. Según sus vestimentas, probablemente pertenecían a la tecnología y eran capaces de hacer sus vidas soportables. Esta mañana no había polvo de arena soplando a lo largo de la carretera. No había viento y ya hacía un calor opresivo. Micky tiró impaciente del cuello de su camisa; hubiera preferido arremangarse las mangas.

Nobert silbó apreciativamente mientras se acercaban al grupo alrededor de Rioja. —¡Nuestras chicas! ¡Chic! —Asintió un saludo a Rioja y a Tanja y le dio un beso en la mejilla a Carola antes de darle el brazo y luego saludó también a Madeline.

Micky entrecerró los ojos con enojo mientras su mirada iba y venía entre Tanja y Rioja. ¿Por qué él la había cogido del brazo tan confidencial? —¿Qué estamos esperando?

—Nos pagan al día. ¿Qué nos importa lo que hagamos en ese tiempo? —Carola señaló con un movimiento de cabeza a Jack, que acababa de ser secuestrado por Kincaid—. Ellos sabrán...

Un técnico de iluminación se acercó a ellos. —Manolo, ¿dónde estarás en la pista de baile? —Su inglés era perfecto. Probablemente era un prerrequisito para todos los que fueron contratados aquí.

Rioja apartó su brazo de Tanja y siguió al hombre por las escaleras.

—¿Qué estás haciendo? —Micky la siseó cuando Rioja estaba fuera de alcance de la voz.

—¿De qué estás hablando?

Resopló indignado. —Sobre ti lanzándote a Rioja.

—Micky, ¿qué piensas de ella? —Carola puso sus manos en sus caderas.

Madeline se rió. —Esperad hasta el ensayo. Entonces podéis ponerse en el centro de atención sin restricciones. . —Alejó a Micky un poco de Tanja—. Tómatelo con calma. Estamos aquí para divertirnos y ganar algun dinero para el club .

—¡Divertirnos! —La cara de Micky comenzó a arder de ira—. ¡Esto ya no es divertido! —Se arrancó el Stetson de la cabeza y lo disparó contra la barandilla del *sidewalk*. Lentamente el sombrero siguió navegando por la carretera. Para su mayor satisfacción, fue inmediatamente atrapado bajo los cascos de un caballo.

Chris se volvió hacia ellos, un signo de interrogación en su cara. Debe haberse dado cuenta de que algo estaba pasando. —¿Qué os pasa de repente?

Micky le chispeó y resopló indignado. Chris debería cuidar mejor a las chicas.

—Consigue un sombrero nuevo del almacén de vestuario. Supongo que ahora puedes olvidar el tuyo .

Micky resopló otra vez. —No necesito un sombrero nuevo. Estiró los hombros y se alejó.

—¡Micky!

Ignoró decididamente la llamada de Chris. Ha terminado el circo aquí.

Atónita, Tanja miró a Micky. ¿Qué se le ocurrió que se hinchara así?

Chris se volvió hacia Madeline. —¿Qué pasó?

—¡Un momento! —Le dio un empujón a Tanja—. Tráelo de vuelta. —Como si Micky fuera a dar algo por lo que dijo.

—Yo me encargo de esto —dijo Carola rápidamente y huyó.

Norbert dudó por un momento; luego la siguió.

—No van a conseguir nada. —Madeline apretó los labios, nerviosa—. ¡Tanja, depende de ti hacerle entrar en razón!

Dio una patada. —No es culpa mía si Micky arruina el rodaje. —Madeline la miró como si no estuviera de acuerdo.

Manolo saltó de la pista de baile y se acercó a ellos. *"Let's start!"* Asintió a Chris y Jack.

"Everybody leave the scene." Todos los que no tenían nada que ver con la escena se pusieron detrás de las cámaras.

Chris miró hacia el final de la calle donde los tres square dancers faltantes habían desaparecido. Una pronunciada arruga se interpuso entre sus cejas mientras volvía a mirar a Tanja. —¡Alinearse!

Subieron los cinco escalones hasta la pista de baile. Tanja bloqueó desinhibidamente el camino de Bettina y se paró junto a Manolo. Bettina la miró irritada y luego se contentaba con Axel.

—¿Quién falta? —Helen señaló el hueco en el *square* de Madeline.

—No hay problema. —Chris dudó por un momento—. Haremos el primer ensayo sin los tres.

—¿Tres? —Helen sonaba desconcertada. Volteó la cabeza y miró hacia atrás y hacia adelante—. ¿Qué están haciendo?

—¡Volverán enseguida! —La voz de Chris no vaciló, pero la arruga de su frente mostraba su preocupación. Sin embargo, le dio al *fiddler* la entrada, puso las manos en las caderas y comenzó las *calls* después de los primeros compases.

"...*Half sashay.*" Tanja soltó la mano de Manolo y bailó tan cerca de él hacia el otro lado que lo rozó con su falda. Esa mañana, había usado deliberadamente un perfume exótico pesado. "...*Swing your girl.*" Ella mantuvo su cabeza tan cerca de su cara como fue posible discretamente. Tanja era solo unos centímetros más pequeña que Manolo y su aliento le acariciaba la frente. Pudo haberla besado después de la vuelta, pero no parecía quererlo. El guión le dio algo de libertad, ¿no? No podía mostrarse más tentadora sin que los demás se dieran cuenta.

Carola y Norbert aparecieron en la esquina de la calle. Empezaron a correr; jadeando se pararon poco después en frente de la pista de baile. Norbert extendió sus manos en un gesto de impotencia. —¡Micky se ha ido!

"*Darn!*" Chris entrecerró los ojos con enojo. —Subid. Lo repetiremos mientras pienso. —Pero, por supuesto, no había mucho sobre qué pensar; necesitaban un sustituto para Micky en un santiamén para salvar el día del rodaje.

Si no hubiera sido por el hueco en el *square*, el ensayo habría sido perfecto. Madeline parecía estar a punto de llorar cuando Chris bajó por la pista de baile después de la repetición para decirle a Jack que faltaba un bailarín.

—¿Por qué no lo dijiste de antemano ? —Por ahora, Jack parecía más irritado que enojado.

—Porque el Sr. Hassloff aún estaba aquí hace veinte minutos. —¿Ya han pasado veinte minutos? Poco a poco Micky debería volver ahora; mientras tanto tuvo que calmarse.

Jack se frotó la barbilla. —¿Qué pasó?

—No lo sé exactamente. —Chris levantó los hombros. Eso podría pasar por verdad—. Se enfermó. —Bueno, eso también era cierto de alguna manera—. Por eso no podía quedarse. —Chris se las había arreglado sin una mentira abierta; ¿pero serviría de algo?

—¿Tenemos un sustituto? —le preguntó Jack a su continuista.

Helen agitó la cabeza.

Entonces se volvió de nuevo hacia Chris. —¿Tenemos un sustituto?

Chris sacó su móvil de su bolsillo y hojeó el directorio telefónico.

Jack lo miraba con obvio creciente desagrado. —¿Cuánto tiempo te llevará traer a alguien aquí?

La respuesta de Chris fue demasiado baja para entenderla en la pista de baile. Jack se hizo a un lado con Helen y parecía estar discutiendo con ella. Chris se masticó el labio inferior; luego presionó un número en su móvil.

Madeline le echó una mirada de enfado a Tanja. —Tú nos metiste en esto con tu coqueteo —siseó ella—. ¿Tienes idea de lo que le cuesta al club si se rompe el contrato?

Tanja se encogió de hombros; ¿qué podría pasar? Seguramente Chris conocía a alguien en otro club que estaba dispuesto a intervenir. Pero la cara de Chris se oscureció cada vez más mientras estaba al teléfono. Quizá debería haber intentado detener a Micky después de todo. ¿Pero por qué demonios tenía que ser tan idiota? Fue simplemente infantil envidiarle que coqueteara con Manolo.

Jack llegó al borde de la pista de baile y se volvió hacia los bailarines. —Tenemos otra solución por el momento. Para vosotros, el día del rodaje ha terminado. El próximo sábado a las ocho, volveréis aquí, por favor. ¡Todo el mundo!

Manolo saltó de la pista de baile con una larga maldición española y corrió al despacho de la dirección.

Madeline sopló lentamente el aire de su boca. —Para entonces Micky se habrá calmado de nuevo. ¿Verdad?

Norbert le dio una palmadita en la espalda. —Micky no es de los que nos deje en la estacada .

—¡Lo hizo hoy! —Tanja gruñó de rabia.

Madeline la miró como si tuviera algo que decir al respecto. Pero luego suspiró y bajó a ver a Chris.

—Empaquemos, chicos. —Chris volvió a guardar su móvil.

Tanja entró en el camerino antes que los demás y se cambió en silencio. Cuando volvió afuera, Manolo se paró con un Kincaid enfadado delante de Chris y Jack. Kincaid hablaba en voz alta, pero su inglés tenía una jerga tan pesada que ella no entendía prácticamente nada.

Chris también parecía enfadado ahora.

Madeline salió por la puerta detrás de ella y se detuvo. —Estoy esperando a Chris.

Carola pasó junto a Madeline y se co**gió** del brazo de Tanja. Pero ella apenas se dio cuenta. Con su mirada siguió a Manolo, que fue al *saloon*. No la había mirado en absoluto después de terminar el ensayo.

Se detuvo detrás de la puerta de vaivén. Una belleza de pelo negro se le acercó tan rápido que ella debió de esperarlo. Hombros bronceados sobre el dobladillo de un top rojo brillante sin tirantes. El resto de su figura estaba oculta por la puerta de vaivén; era ciertamente sensacional. Con los pies ligeramente abiertos en sandalias planas de plata, se paró ante él y puso sus manos sobre sus hombros.

—Se ve como otra estrella —comentó Carola secamente.

—¡Lo que sea! —Manolo era constantemente acosado por algunas mujeres que querían ser vistas con él. Pero ninguno había logrado ser fotografiado con él más de dos veces—. ¡Probablemente una de esas *groupies*! ¿Crees que no tengo ninguna oportunidad contra ellos?

—¡Pero Tanja! —Carola sonaba escandalizado—. ¿Como *groupie*?

Tanja comenzó a moverse hacia el *saloon* y trató de llevar a Carola con ella.

—¿Adónde vas? —Carola se liberó de ella.

—Pensé que nos íbamos... —Se encogió de hombros y luego siguió sola.

Pero antes de llegar al *saloon*, Manolo y la mujer de pelo negro desaparecieron de su campo de visión. Ahora no había nada con un enfoque discreto. Gruñó de frustración.

Al momento siguiente, Carola se paró junto a ella de nuevo. —Tenemos cosas más importantes que hacer. Asegúrate de llegar a Micky y enseñarle algo de sentido común.

¿Por qué todos los culpaban por el caos que Micky había causado? Tanja columpió su mochila sobre su hombro y cogió su bicicleta. Luego se dirigió al tren de cercanías sin esperar a Axel.

Ella no llamaría a Micky de seguro – después de todo, ¿qué le diría? ¿Quizás debería rogar? ¿O mentirle para apaciguarlo?

6

Cuando Micky entró al club de baile Lietzensee el martes por
la tarde, George Lagrange se paraba esparrancado frente a la
puerta de la oficina. No había contado con él; el martes nunca
había sido tan temprano. Pero realmente no importaba; si sólo
fuera Chris el que lo torcería el cuello a él o George también...
De todos modos era una imbecilidad venir al entrenamiento
hoy. Pero no era de los que se escapan.

Casi todo el grupo ya estaba allí. Tanja faltaba, ¿todavía? Y cuando ella vino, ¿entonces qué? Tal vez debería dejar
de entrenar hasta que todo el circo con el rodaje terminara.
Podrían prescindir de él por una vez.

Madeline se resbaló de su taburete de bar y levantó un
brazo. —Micky, aquí estamos. —Como si no lo hubiera visto.
Probablemente tampoco sabía qué decir. Chris ya estaba allí
también, con un vaso vacío en la mano.

La charla de los *square dancers* se detuvo repentinamente; uno por uno lo miraba expectante.

Micky sonrió por un momento ante el celo de Madeline. Luego apretó con fuerza los labios y miró a George. —No
tengo ninguna cita contigo, George.

George lo dejó ir al bar sin hacer comentarios, pero fue
tras él. Micky trató de ignorarlo. —Si nuestra compañía no
fuera tan importante para mí, no habría venido, Chris.

Se sacó un taburete de bar y se apoyó en el asiento con
un codo. Marga Fischer, detrás del mostrador, le ofreció una

botella de cerveza, una pregunta en su cara. ¿La ayuda de oficina siempre tenía que ser la gran cuidadora? Èl no quería una cerveza ahora.

—¿Pero? —Madeline parecía tener problemas para no silbarle—. Cuando alguien empieza así, siempre hay un pero.

George se detuvo a unos pasos de distancia, claramente tenso. —¿Quieres el *square dance* en nuestro club? ¿Y estás arruinando tu reputación y la nuestra?

Micky resopló. —¿Quién arruinará más nuestra reputación? ¿Un bailarin que está indispuesto o una bailarina que se comporta como una *groupie*?

Madeline levantó la mano. —Micky, eso fue un insulto. —El trasfondo de advertencia en su voz era inconfundible—. Si ese estilo se extende entre nosotros, el grupo se dispersará rápidamente.

De repente tuvo una sensación floja en el estómago: si alguien se lo decía a Tanja, ¿qué pensaría ella de él? —Yo... Aprecio a Tanja. Nunca querría insultarla.

—¿Entonces por qué lo haces? —preguntó Chris—. ¿Qué crees que lograrás con tu comportamiento infantil?

Que Tanja recobrará el sentido común. Micky se encogió de hombros; no tenía sentido responder a una pregunta provocativa.

—La asociación ha firmado un contrato. —George rechinó los dientes—. Vas a responder por que nos cumplimos con él.

Micky se dio la vuelta enojado. —¿Me está amenazando, George? No puedes amenazarme. ¡Vete al infierno!

—¿Crees que no puedo hacer eso? —George empezó a ponerse rojo—. Te echaré del club si no vuelves el sábado en Babelsberg. —Enojado, entrecerró los ojos—. Y quédate y haz tu trabajo. ¡Hiciste un compromiso!

—¿Lo hice? Lo que sea. Por mi parte todo este club

puede ir al infierno contigo. Como si no hubiera nada más importante en el mundo! —Pero sin el club tampoco vería a Tanja; Micky suprimió un suspiro. Su mirada se dirigió a Chris —. Lo siento —dijo con voz más suave. Luego tomó sus hombros hacia atrás, se dio la vuelta y se dirigió a la salida. Los echaría de menos a todos.

—Eso es daño al club —gritó George tras él. Escupiría fuego en un minuto—. ¡Te arruinaré!

Tanja se paró frente al tablero de dibujo en su apartamento y presionó con las manos en la parte inferior del abdomen. No había tenido calambres tan fuertes en años. Realmente tuvo que llamar a Chris y cancelar el entrenamiento. De todos modos las mujeres no deberían hacer deportes en estos días. Por otro lado.... Por eso nunca había cancelado antes; probablemente él no la creería.

Después de mirar el reloj, fue al baño y se tomó un analgésico. Debería ser efectivo a tiempo para sobrevivir a la tarde de *square dance*. También quería saber si Chris había encontrado un reemplazo para el sábado. O alguien se las arregló para hacer entrar en razón a Micky.

Cocinó un té de manzanilla para calmar su estómago, porque también tenía náuseas. Ella mordisqueó apática en un bizcocho para tomar el té; inmediatamente después vomitó ambos. En realidad, estaba muy enferma. Pero nadie le quitaría esa disculpa, no después del escándalo del sábado. Entonces, ¿cómo estaba ella?

Mientras se cepillaba los dientes para deshacerse del asqueroso sabor, el espejo le mostró un cadáver. Horrible! Se metió profundamente en el orinal con la tierra africana y dejó fuera el delineador negro antes de partir.

Por supuesto que el autobús se atascó en el embotellamiento otra vez y el metro se le escapó en la cara. Cuando salió entonces, eran exactamente cinco minutos antes de las cinco y media. Subió a toda prisa por la escalera mecánica hasta la calle, ignoró el dolor que le tiraba de la barriga y se lanzó a un trote.

En la entrada del patio del club de baile se detuvo y respiró profundamente. La motocicleta de Micky estaba junto a las escaleras hasta el piso. Respiró aliviada. Sin duda fue un buen presagio para el sábado. Norbert probablemente tenía razón: Micky no fue uno de los que defraudó al grupo.

Se limpió la frente con el dorso de la mano, se alisó el pelo y se armó para el encuentro con él. Ojalá no tuviera que decirle primero que Manolo no era más que un principe encantador.

Al pasar junto a la motocicleta de Micky, pasó suavemente por encima del asiento; el cuero negro había absorbido el calor del sol. El motociclismo se veía muy chic. Podría decirle a Micky que le encantaría ir a toda velocidad una vez con él sobre el Avus, apoyándose en su espalda y envolviéndole los brazos alrededor de la cintura. No, claro que no podía decir eso. Sólo: —Micky, ¿puedes llevarme una vez? Nunca me he sentado en una motocicleta antes. —Pero tal vez él no tenía un segundo casco y ella lo avergonzaría. Tal vez por eso solía venir en el auto cada vez que la recogía. Mejor que no le preguntes nada.

Todavía mirando la motocicleta, abrió la puerta de la escalera. Unos pocos pisos por encima de ella, una puerta se estrelló en la cerradura; luego alguien bajó corriendo por las escaleras.

¡Micky! Obviamente se había peleado el cabello y su mirada era oscura. ¿Qué ha pasado?

De repente se detuvo en el rellano sobre ella. —¡Tanja!

—¡Hola, Micky! —Trató de ocultar su irritación detrás de una sonrisa—. ¿Adónde vas?

—No es asunto tuyo. —Lentamente bajó las escaleras. Estaba enfadado; ¿sobre qué ahora?

Cuando él trató de pasarla, ella lo agarró del brazo. —¿Qué ha pasado? ¿No tenemos entrenamiento hoy? —Pregunta estúpida; Chris los habría cancelado todos a tiempo. Pero de alguna manera ella tenía que hacer que él hablara.

—¡Vosotros claro que sí! —Micky se detuvo de hecho—. Yo no tengo entrenamiento hoy. Tal vez nunca más.

¿Qué supuestamente significaba eso? Tanja se quedó sin palabras por un momento. —¿Así de fácil? ¿Simplemente dejas todo en pie y mintiendo? —La ira se elevó en ella cuando Micky se encogía de hombros y apartaba la mano de ella—. ¿Cómo puedes hacer algo así?

—¡Como si el *square dance* fuera importante para algo!

—¿No lo es?

Se mordió los labios y agitó la cabeza. De alguna manera, no parecía nada contento, como si no estuviera seguro de su decisión. —Tengo que cuidar de la universidad. Poner en marcha mi nuevo programa. —Se justificó; ¡qué hermoso! Tal vez ella podría hacer que se quedara.

—¿Ahora en las vacaciones de semestre? —Con una risa le dejó oír su sarcasmo—. ¡No sabía que necesitabas esto!

La miró con enojo, pero esta vez no cayó en la provocación: En lugar de contrarrestar, se encogió de hombros de nuevo y siguió bajando las escaleras. ¿Simplemente se escapó?

Tanja solo volvió a encontrar palabras cuando él abrió la puerta del patio. Puso sus manos en sus caderas. —¡Si crees que te estoy siguiendo, entonces estás en el camino errado! Hay suficientes bailarines que pueden reemplazarte.

Cuando la motocicleta de Micky aulló, se puso a llorar. Se acuclilló en las escaleras y puso la cabeza sobre sus rodillas. Probablemente los otros habían empezado a entrenar mientras tanto y se preguntaban si ella también los defraudaría.

Pero no podía cobrar ánimo, y de todos modos ahora no tenía pareja.

Otra vez la puerta del piso sobre ella se cerró de golpe. George bajó las escaleras. El viejo era justo lo que ella necesitaba ese día.

—Tanja, ¿has visto a tu pareja? —tronó por la escalera.

Tanja se limpió las lágrimas con su falda y se levantó. —¿Qué quieres de Micky?

—¡Lo echaré! —George estaba a punto de explotar.

—¡Entonces te parecerá bien que se haya ido! —¿Será es? ¿Micky no se fue por ella, sino por George?—. ¿Qué has hecho ahora? —¿Otra pelea porque no quería el *square dance* en el club?

¡Eso le vendría bien! Y tampoco tenía que responder a eso. Tanja colgó su mochila sobre su hombro y empujó a George a un lado. Se apresuró a subir las escaleras para ir a entrenar.

7

Micky aparcó su motocicleta en la valla frente al viejo «Café Einstein» en la Kurfürstenstraße en Tiergarten y subió al bar del primer piso. Estaba inusualmente lleno incluso para un viernes por la noche; probablemente un evento acababa de terminar en las cercanías.

De paso, ordenó un *Kölsch* grande en el mostrador y luego se sentó en una de las mesas redondas de la terraza. La camarera lo siguió con la cerveza casi en el pie.

Descontento, la miró fijamente; luego, a su móvil. ¿Dónde estaba Carola?

Diez minutos más tarde ella se quedó casi sin aliento en la puerta, se abrió paso entre la gente y se dejó caer en la silla de enfrente con un fuerte resoplido. Señaló al vaso lleno de cerveza. —¿Querías ahogar tu frustración y luego darte cuenta de que la cerveza no sabía bien?

—¡Ja ja ja! —Se distorsionó la boca; realmente no tenía ganas de charlar—. ¿Qué piensas hacer, que una llamada telefónica no es suficiente para ti?

—Cara a cara... —Agitó sus párpados—. ...puedo usar todo mi nada despreciable encanto para hacerte entrar en razón. —Llamó a la camarera que acababa de entrar en vista.

Micky tomó su cerveza y bebió un largo sorbo. Entonces se distorsionó la boca otra vez. —Se ha vuelto floja. —La miró a los ojos mientras dejaba el vaso—. Como tantas cosas.

Visiblemente asustada, Carola tomó su mano. —¿Estás diciendo que realmente vas a dejar de bailar? —Él había realmente sido capaz de provocarla; ¿por qué no le funcionaba a Tanja?

—¿Y si lo hago?

—¡Pero Micky!

La camarera llegó a su mesa, balanceando una bandeja de vasos vacíos. —¿Qué puedo ofrecerte?

—Un jugo de cereza. —Carola parecía deleitarse en su cara desconcertada. El bar era conocido por sus estupendos cócteles; rara vez había demanda de bebidas no alcohólicas—. ¿No tienes uno?

—Sí, lo he.

—Me gustaría una cerveza nueva. —Empujó su vaso hacia la camarera—. He esperado demasiado tiempo para tener compañía.

La camarera asintió y puso el vaso en su bandeja. —¡Pronto!

La mirada de Carola la siguió por un momento, y luego ella se volvió hacia él otra vez. —No puedes hablar en serio sobre querer dejarlo. Sólo lo dices para fastidiarme.

Sonrió amargamente. —¿Podría hacerte enfadar con eso? —Si sólo a Tanja no le resultara indiferente. Pero ella no se había movido cuando él huyó del rodaje.

Carola suspiró. —Micky, somos tus amigos. ¡No nos defraude! No nos merecemos esto .

—¡Ese playboy! No voy a dejar que ese descarado me quite a mi chica. —Enojado, apretó los labios.

—Tanja no es tu chica, Micky. ¡Ni siquiera sabe que la amas! Nunca se lo dijiste.

—¡Se nota pero!

—¿Ah, sí? —Carola bamboleó las cejas; de repente pareció que se estaba divirtiendo.

—Si me amara, lo sentiría sin que yo tuviera que decir nada.

—¡Ajá! —Sonrió casi regodeándose.

La miró sin entenderla. ¿Qué quiso decir con eso?

—¿Y qué hay de ti?

Cada vez entendía menos adónde quería llegar.

Carola sonrió ahora completamente desinhibida. —Si notas algo así, ¿por qué no has notado lo que Tanja siente por ti?

Miró a la mesa.

—¿Por qué no te atreves a acercarte a ella cuando deberías saber que ella también está enamorada?

Levantó la vista, inseguro de lo que debería responder. —Ella nunca...

—...dijo una palabra. —Carola soltó una carcajada—. ¡Tú tampoco! ¡Qué niños sois!

La camarera vino y se apresuró a poner sus bebidas sobre la mesa.

—Gracias. —Carola le sonrió, pero ya estaba en camino a la mesa de al lado.

—¿Entonces por qué se ve envuelta en este tipo?

—Todas las chicas tienen algo ideal que cuelgan sobre sus camas en casa como carteles. —Se volvió de color rojo brillante—. Aún tengo una de esas cosas en la pared, también.

¿Qué clase de argumento fue ese? Cogió su vaso y se lo bebió medio vacío. —Así está mejor. —Con el dorso de la mano se limpió la espuma de la boca—. Pero vuestros ideales de adolescentes no son reales. Este sí lo es. —Presionó sus labios con enojo y sopló—. No puedo competir con lo que él le promete. Ella ni siquiera ve que él le está mintiendo .

—No lo hace, Micky. Ni siquiera se le ocurriría prometerla algo y mucho menos mentirle.

—¿Cómo sabes eso? Ni siquiera lo conoces.

—¿Pero tú, Micky? —Su mirada deambuló por el local como buscando algo. Parecía ponerse nerviosa—. Estaba hablando con él.

Bebió un sorbo de su jugo de cereza y se mojó los labios con gusto. —Muy bien, muy bien. Jugo de verdad, no limonada. Tal vez debería comer algo? —Se volvió hacia la camarera. Pero de repente ella buscó su mano sobre la mesa —. Mira, una mujer del set.

Una mujer de pelo negro, con un vestido amplio cortado como de tienda de campaña, lentamente se dirigió hacia el bar con los brazos delante de ella, como protegiéndose; parecía estar buscando un lugar libre.

Èl miró la cara de la mujer. —No puedo recordar. Ella no está en nuestra escena, de todos modos.

Carola se levantó a mitad y saludó en su dirección. La mujer reaccionó con una sonrisa y luego se acercó a ellos.

Carola se sentó de nuevo. —Ve a buscarle una silla a Consuela.

—¿Consuela? —Él estaba completamente perplejo. El papel de extras probablemente había hecho que Carola se entusiasmara con el rodaje—. Pensé que querías hablar conmigo sobre Tanja.

Se encogió de hombros resignada. —No sé qué más decir para convencerte. —¿Carola se rindió? Eso no puede ser. Sospechosamente, entrecerró los ojos.

La mujer a la que llamó Consuela estaba frente a ellos. Aturdido, miró por un momento el vientre claramente arqueado que tenía delante de él a la altura de sus ojos. Desde la distancia y entre la multitud frente al bar, la bata había ocultado completamente su gravidez.

Se acordó y se puso de pie. *"I'll get you a chair!"*

Consuela dijo algo que parecía inglés, pero aún así no lo entendió.

Cuando él volvió a la mesa con una silla, Carola lo señaló y buscó su inglés. —Este es Micky Hasloff de nuestro grupo de *square dance*.

Èl ajustó la silla para Consuela.

Una delgada sonrisa apareció en las comisuras de su boca. *"The one, who blew the scene last Saturday."*

Eso lo entendió. Su cara empezó a arder y bajó la mirada. —¡Tenía mis razones! —Le hubiera gustado no sólo volar la escena. Presionó obstinadamente los dientes contra su labio inferior y se sentó de nuevo—. ¿Cuál es tu papel en la película? —Intentó mantener la mirada en la cara de Consuela.

—Ninguna en absoluto. —Se acarició el vientre—. Manolo quiere asegurarse de que puede estar presente en el parto. Por eso vine a Berlín durante el rodaje.

—¿Manolo? —Frunció el ceño.

—Manolo Rioja. ¿No sabes que es la estrella de la película?

—¡Sí! —Involuntariamente, apretó los puños.

—Y la estrella de mi vida.

—¿Qué?

La sonrisa de Consuela se ensanchó y algo se le traslució.

—Entonces supongo que el chico va a ser berlinés. —Carola sonrió alegremente.

—O de Potsdam. También hemos reservado un cuarto en un hospital allí. —Siguiendo la mirada de Carola, se dio la vuelta.

Manolo Rioja estaba en la entrada del bar. Al pasar, tomó una silla libre y se acercó a ellos. —Estoy seguro de que me multarán. Pero he conducido tan lejos que ni siquiera sé si volveré a encontrar el coche .

Micky giró su vaso de cerveza entre sus manos y lo miró pensativo. —Qué coincidencia —murmuró en alemán.

—Apenas la dejará sola en su condición —le susurró Carola.

Rioja puso su mano sobre el hombro de Consuela, dijo algo en español y la besó en la sien. Luego miró a Micky. —¿Puedo sentarme?

¡Ya tenía su silla! Micky resopló enfadado; luego volvió a tener el control. —Me sorprendió cuando Consuela apareció aquí. Ahora ya no me sorprende .

Rioja asintió. —*Right.* Nuestra aparición aquí fue planeada. —Su mirada se dirigió a Carola—. Esta parecía la mejor manera de probar que no estoy en tu camino. —Acarició el cuello de Consuela—. Y tampoco me interesa tu hermosa amiga.

Micky apretó el puño bajo la mesa. —Tanja no es mi amiga .

—Y ese es tu problema. —Consuela se sentó más cómodamente y se apoyó en el hombro de Rioja—. Las estrellas de cine a menudo tienen una mala reputación y el gerente de Manolo se ocupa de la suya como un rompecorazones. Así es el mundo del espectáculo.

—Pero la verdad es que no tiene fundamento? —Micky la miró con incredulidad—. ¡He buscado en Google!

—Y encontraste todas esas fotos de chicas al lado de Manolo. —Consuela sonrió—. Todas son modelos a las que les pagan por su actuación. —Señaló hacia Carola—. También contratamos a Carola ayer cuando estaba en nuestro hotel. "Peluquera berlinesa el nuevo amor de Rioja" será un buen titular.

Carola se sonrojó y tartamudeó algo incomprensible.

—¡No puedo creerlo! —Si eso fuera cierto, se habría puesto en ridículo de una manera grandiosa. No, eso fue una conspiración. Sólo intentaban que volviera al plató. Gruñó con desprecio.

Rioja se encogió de hombros. —Llevamos casados cinco años y tenemos dos hijas. Con esta estrategia, hasta ahora hemos podido mantener nuestro matrimonio fuera de los titulares.

Carola tomó la mano de Micky. —No seas tan terco. ¿No ves que Consuela está poniendo su mano al fuego por la fidelidad de su marido?

—¡Pah! ¡Ambos son actores!

Consuela y Rioja escucharon su intercambio de palabras con caras tensas; ¿entendieron algo al respecto? Deberías oírlo, cuánto los despreciaba por sus maniobras transparentes.

Carola sonrió brevemente a Rioja y luego se volvió otra vez hacia él. —¡Micky! ¡Sólo llevan casados cinco años y obviamente van a tener su tercer hijo! —Respiraba tan fuerte que parecía que estaba a punto de perder los estribos—. ¡Eso no habla directamente de un matrimonio infeliz!

Estaba retorciéndose incómodamente sus hombros y agarró su cerveza. Estaba floja otra vez.

—Micky, por favor, ven al rodaje por la mañana. —Rioja puso su brazo alrededor de Consuela—. Nos harías un gran favor si pudiera terminar mi rodaje según lo planeado. Nuestras chicas no deberían esperar más de lo necesario para conocer a su nuevo hermano.

Carola parecía sorprendida. —¿No quiere que los traigan a Berlín?

—No hemos encontrado una casa adecuada para alquilar por este corto tiempo. De lo contrario, nos las hubiéramos llevado de todos modos.

Consuela asintió. —Mientras las niñas no vayan a la escuela, tratamos de que no sufran por nuestra profesión.

—Entonces, ¿también eres actriz de verdad? Pero no eres tan conocida como tu marido. —Como si conociera

Rioja antes. Tanja nunca le había dicho nada sobre su adorado. De lo contrario, habría impedido que el grupo aceptara el contrato de la película.

—Trabajo sobre todo en el teatro. Y canto.

—Micky, ¿qué puedo hacer para convencerte? Tenemos esta actuación conjunta en *square dance*; no hay nada que podamos hacer al respecto.

—Y Tanja tiene dos escenas más contigo. He leído el papel que interpreta.

Carola torció los ojos. —¿Quizás dejarás de quedarte ahí mudo y enojado? ¿Tal vez le digas lo que quieres de ella?

—¿Y si me da la espalda de nuevo?

—¡De nuevo! —Carola jadeó por aire—. ¿Cuándo y dónde te rechazó? ¡Eso lo sabría!

—El martes antes del entrenamiento.

Ella frunció el ceño. —¿Te dijo que no te amaba?

Micky gruñó. —Me ha tratado con total condescendencia.

—¡No puedo creerlo! Tanja no lo hace; no es propio de ella. —Agitó la cabeza—. A menos que estuviera terriblemente enfadada.

Puso una mueca de dolor. —¡Claro que lo era!

Rioja y Consuela tienen cada vez más interrogantes en sus ojos. Carola comenzó a resumir lo que acababan de decir. ¡Qué vergonzoso! Micky puso una mano en su brazo para frenarla. Eso fue todo lo que faltaba, que Carola les contó todo hasta el último detalle. Tenían ya que pensar que era un idiota.

Luego se volvió sí mismo a Rioja. —Iré al rodaje por la mañana. No eres responsable de la locura de Tanja. No sería justo haceros sufrir. —Dirigió su mirada al vientre de Consuela, lo que la obligó a sentarse un poco lejos de la mesa—. En tu situación, justamente.

En la cara de Rioja se mostraba claramente su alivio.

Llamó a la camarera. —Tráiganos una copa de agua mineral y una botella de champán con cuatro copas —ordenó en inglés.

Cuando las bebidas estaban sobre la mesa, Micky brindó al pequeño sorbo en el vaso de Consuela. —Mientras nuestro grupo esté ocupado filmando, no tienes que preocuparte. Nuestro *caller* es un paramédico de la brigada de bomberos en su profesión burguesa. Chris probablemente ya ha ayudado a más de un niño en el mundo, que no quería esperar más el viaje al hospital .

Carola se rió a carcajadas.—Eso sería una experiencia .

Rioja sonrió. —Podríamos proponerle a Kincaid una adición al guión. Con un papel extra para Chris.

Micky sacó el móvil de su bolsillo y comenzó a buscar en la lista de nombres.

—¿Qué estás tramando? —Por el bien de ambos, Carola se quedó en inglés.

Después de todo, la pregunta le sorprendió. —¿No deberíamos decírselo a Chris?

—¿Que tiene otro trabajo? —Consuela cogió su agua mineral con una risita semisuprimida—. ¿Llamarás a George también?

Micky tragó; luego asintió valientemente. —Supongo que no tengo otra opción que amañar lo que he cometido.

Luego le dijo a Chris sin preámbulos que estaría en Babelsberg a tiempo por la mañana. —Se lo diré yo mismo a George —concluyó la conversación con un suspiro.

Chris se rió en voz baja. —No tienes que hacerte eso a ti mismo. Estoy en casa de Madeline y él está sentado en la cocina. De todos modos, en la medida en que sea capaz de sentarse quieto.

—Chris, eres el mejor. Gracias.

—Pero Tanja no está más aquí. Deberías llamarla .

—¡No! —Eso sonó demasiado descortés. Cerró los

ojos y luego exhaló lentamente—. ¿Hizo que dependiera de que yo viniera si va a Babelsberg por la mañana? ¿O qué?

—Que yo sepa, no.

En el fondo, la voz de Madeline sonaba a través del teléfono. Chris pareció sostener su mano en el móvil, porque sólo llegó amortiguado e incomprensible para él, lo que probablemente fue su respuesta para Madeline.

Entonces Chris estaba allí otra vez. —Micky, no tienes que justificar nada ante mí. Me alegro de que vengas mañana. —Le dijo brevemente cuántas escenas habían ensayado antes de que tuvieran que parar.

Después de otro medio minuto Micky cerró el móvil y respiró aliviado.

8

Tanja estaba cansada. Más que la fuerte tormenta, la pesadilla la había mantenido despierta de que Micky dejaría el rodaje. ¿Que pasaría si Chris no hubiera conseguido hacerle entrar en razón??

Antes de ducharse, puso su móvil en la consola del baño. Todo lo que debía hacer era extender su mano cuando él llamó. Pero Micky no llamó. Tal vez era mejor así: Él se reiría de ella si ella le dijera que no tenía motivo de celos porque él era más importante que cualquier estrella de cine en el mundo.

Sin embargo, antes de desayunar, continuó escabulléndose alrededor del teléfono. Ella podía pedirle que la recogiera porque todavía había nubes gordas de lluvia en el cielo. Venir a Babelsberg empapada, no era una opción. Pero no pudo decidirse.

Cuando se sirvió su segunda taza de café, Lydia Aydemir llamó inesperadamente a su puerta. Ahora no tenía que exponerse – pero ahora ni siquiera sabía si Micky se iría o no.

Sakir estaba apoyado en la puerta del conductor y le sonrió. Lydia debía ser envidiada con respecto a su marido: Tan poco musical como un palo, sin embargo, la apoyó con entusiasmo. A ella le gustaría un hombre así algún día. No poco musical. Uno que la apoyó incondicionalmente.

Le abrió la puerta del coche a Tanja. —Lydia se quitó el desayuno de la cara por el miedo escénico. ¿Puedes imaginarlo?

No, no podría. Estaba mirando a Lydia. —Ciertamente no por la escena. Todo lo que debe hacer es bailar como siempre. —Se limpió las palmas húmedas entre sí—. De ninguna manera.

Ahora Lydia también se estaba sonrojando. Vaya, qué cosa! Tanja agitó la cabeza asombrada mientras subía.

En el camerino, Carola estaba de pie con una peluquera detrás de otro extra; juntos le hicieron a la mujer los rizos de sacacorchos. Carola respondió con un gorgoteo a un comentario de la peluquera. Se veía igual de relajada cuando peinaba a las bailarinas en el club. Tuvieron que ser verdaderamente las condiciones en la peluquería las que la quitaban el gusto de ese trabajo.

Madeline entró en el camerino, saludó a Carola y Lydia con un beso, dio una palmadita en el hombro a Tanja y saludó a los otros *square dancers* con un gesto. —¿Todo bien, chicas? —Se sentó y se quitó las sandalias—. ¿Ya se ha reunido toda nuestra gente? ¿Por casualidad lo sabéis eso?

Tanja resolló para controlar la creciente ira. —¿Por qué no me dices que quieres saber si Micky vino? Y no, no he visto si estaba aquí todavía. —Señaló el móvil de Madeline en el tocador—. Chris puede decírtelo. —Pero Chris seguramente ya la habría llamado, si Micky no hubiera estado allí. ¿Por qué Madeline realmente lo preguntó?

—Micky siempre viene en el último minuto. O después. —Carola se rió—. Nunca le he visto regalar ni cinco minutos.

Lydia se echó a reír. Las dos ciertamente no habían tenido pesadillas.

Tanja se mordió los labios para no estallar. ¿Qué querían todos con ella? Ella les dio la espalda y se quitó su traje del perchero de vestidos.

Por fin, fue una de las últimas en ser terminada con su cabello y maquillaje. Carola también faltaba; había trabajado mano a mano con una de las peluqueras todo el tiempo.

Junto con Madeline Tanja dejó el camerino. Estaba ubicado en la parte trasera del edificio del estudio; los de las estrellas se ubicaban más céntricamente. Tal vez se la toparía con Manolo; ella sabía exactamente cuál era su camerino. Caminó sosegadamente detrás de Madeline.

Finalmente Madeline le dio el brazo y la obligó a dar un paso más rápido. —¿Echas de menos... algo?

—¿No deberíamos esperar a Carola?

Madeline se rió. —Carola es la menor de mis preocupaciones. —Miró su reloj de pulsera—. ¡Oh, maldita sea! Me olvidé de quitármelo!

Que Madeline estuviera distraída por un momento le convenía a ella. Se liberó del brazo y se detuvo. No tenía ninguna prisa por salir. No, todavía no.

Unas pocas puertas delante de ellos Manolo salió de su camerino. La chica de pelo negro del *saloon* se apoyó en el marco de la puerta. La boca de Tanja permaneció abierta: la mujer estaba encinta, era obvio. Manolo la abrazó y la besó en la frente.

Tanja volvió a cerrar la boca y resopló indignada.

Madeline se dio la vuelta y se agarró del su brazo. —Esta debe ser Consuela.

Tanja parpadeó irritada. —¿Consuela?

Madeline soltó una carcajada. —¿Lees todo lo que puedas sobre Rioja y ni siquiera sabes que está casado? Y feliz, parece.

Tanja de repente tuvo un nudo en la garganta. —¿Cómo sabes que es su esposa?

—Carola la conoció. Y nos la describió.

—¿Nos?

Madeline se encogió de hombros. —Estábamos sentados juntos anoche, Chris, el abuelo y yo. Estábamos sobre ascuas, si Carola conseguía traer a Micky aquí.

Tanja miraba fijamente a la pareja que tenían delante. Manolo acarició el cuello de la mujer. —¿Habéis conspirado contra mí?

—¿Por qué contra ti? ¿No era Micky nuestro problema?

Tanja parpadeó para luchar contra las lágrimas que amenazaban en sus ojos. Luego dio pasos de gigante hacia la salida del edificio. Cuando pasó a Manolo, apartó la cabeza.

Sólo cuando abrió la puerta hacia afuera, el sonido de las botas de Madeline se escuchó detrás de ella. Afuera, Hinnerk la interceptó después de unos pasos. Pareció darse cuenta de que algo andaba mal porque le acarició el brazo sin decir una palabra. Con los dientes apretados, dejó que él la acompañara a la pista de baile. Manolo casado, no puede ser. No era de los que toman el pelo a sus fans.

Madeline salió al lado de Manolo, las faldas recogidas para no arrastrarlas por los charcos dejados por la tormenta nocturna. Manolo tenía una sonrisa en la cara cuando ella le dijo algo.

Hinnerk todavía le agarraba el brazo a Tanja. ¿Pensaba que se había escapado como Micky?

—¡Buenas dìas! —Manolo le sonrió a Tanja—. Buenos días, querida fan. —Frunció el ceño—. Querida *fan*? ¿Eso se dice en alemán?

Hinnerk respondió en inglés. —Debes usar la verdadera palabra alemana. —Movió la nariz—. Aunque en realidad no hay ninguna.

—Secuaz —dijo Madeline—. Partidaria.

—Esto es medieval, mi cara. —Hinnerk sonrió irónicamente—. Más vale que tengamos directaménte... fanática ¿Adoradora?

Los ojos de Madeline se iluminaron repentinamente y apuntó con la cabeza hacia la puerta del estudio. Chris se paró allí y dejó que Norbert y Micky lo pasaran al exterior. Poco después los otros *square dancers* salieron a la calle y Chris los siguió.

Tanja miró hacia abajo para no encontrar la mirada de Micky. Ella no quería saber ahora cómo la miraba.

Chris puso su brazo alrededor del hombro de Madeline y la besó en la punta de la nariz. —Te extrañé, d*arling*.

—Sencillamente, no os habéis visto por demasiado tiempo. —Sonriendo, Hinnerk alejó a Madeline de Chris—. Pero por ahora, es mía. —La ayudó a subir las escaleras hasta la pista de baile.

Chris saludó a Manolo. —No tenemos que esperar la dirección para calentarnos a bailar.

Manolo asintió. —Estoy muy a favor de ahorrar tiempo.

Carola le dio el brazo. ¿Qué se le ocurrió? Manolo estaba en su *square*. —¿Todo bien con Consuela?

—Volvió al camerino y se acostó. —Miró a su alrededor—. ¿No hay paparazzi que quieren fotografiarnos ambos?

Los dos camarógrafos colocaron su equipo y asignaron a Chris su lugar en el borde de la pista de baile. El *fiddler* se sentó en el *sidewalk* frente a la oficina del sheriff y comenzó a afinar su *fiddle* cuerda por cuerda. Jack Harten salió del despacho de la dirección con una taza de plástico humeante delante de la boca; Helen, la continuista, con él.

Manolo fue a ver a Jack e intercambió unas palabras con él; luego se subió a la pista de baile. —Tendremos un cuarto de hora antes de que se ponga serio. Para entonces, Josh también habrá terminado de afinar.

Madeline lo tradujo para aquellos que no podían seguir el intercambio de palabras en inglés lo suficientemente bien.

Por falta de música Chris levantó la mano para dar la señal de salida para el primer ensayo. Pero entonces la bajó de nuevo y miró a Tanja. —Cambia de lugar con Lydia. —La quería fuera del *square* con Manolo. Aparentemente, aún no confiaba en Micky. ¿O en ella?

La mirada de Tanja se dirigió a Manolo, que estaba frente a ella y parecía tan ecuánime que ciertamente no había entendido a Chris. Ella apretó los labios e hizo espacio para Lydia, quien inmediatamente había cumplido con la petición de Chris.

Chris exhaló visiblemente aliviado. Luego volvió a levantar el brazo y comenzó sus *calls*. Hasta que no habían bailado a través de las figuras una vez, Chris había hecho que se detuvieran y repitieran tres veces. Esa mañana, Beate y Franz, los dos otros extras, estaban muy desatentos.

Tanja sólo quería dejarlo detrás de ella. Nada de sus expectativas se había cumplido; y ahora Manolo aún estaba en otro *square*. —No tiene que ser perfecto. —Cuando cortarán, elegirían de todos modos qué piezas se llevarán—. Somos gente común de Los Álamos, no bailarines del *saloon*.

—¡No te atrevas a insertar desperfectos! Nada de arbitrariedades hoy, Tanja. —Chris obviamente estaba de mal humor. ¿Qué más le inquietaba? El rodaje ya no podía ser el problema.

Hinnerk agarró a Madeline de la mano, mirando a Chris por el rabillo del ojo. —¿Os habéis peleado?

—Que yo sepa, no.

—¡Entonces está en problemas con George otra vez! —Hinnerk gruñó—. Tu abuelo debería finalmente dejar su oficina a los más jóvenes.

Madeline se encogió de hombros.

—¿Están todos aquí ahora? —preguntó Jack desde abajo.

Helen se paró en el borde de la pista de baile y contó a los bailarines con sus dedos. —No falta nadie.

El director le dio una señal al *fiddler* y Josh se levantó de su lugar en el *sidewalk*.

—Bailaréis esta vez ininterrumpido y así lo grabamos enseguida. —Se juntó las cejas—. Por si acaso.

Empezaron de nuevo, esta vez con el *fiddle*. El hecho de que Chris no cantara seguía siendo inusual y a Tanja le quitó el momentum a sus movimientos. ¿O fue por otra cosa?

Micky parecía completamente despreocupado y de buen humor. Tampoco había tenido una noche de insomnio. Una y otra vez se rió con Ana, de quien ella sabía entretanto que hacía de hija del haciendero y perdió a su amado en el ataque de los indios.

Las instrucciones que Jack dio mientras tanto y el movimiento frente a la pista de baile mostraban claramente que el tiempo apremiaba. Sin más comentarios dejó rodear después. Después de eso, hizo unos cuantos ruidos de satisfacción. Chris se puso la manga sobre la frente; sudó más que los bailarines. Dos maquilladores salieron a la pista de baile y rápidamente repararon los maquillajes.

Entonces Jack se acercó al borde de la pista de baile. —Aquí viene la parte difícil.

En el último cuarto de la escena, poco a poco los bailarines se dan cuenta del ataque. Debido a que los indios sólo disparan con arcos y flechas, no hay ruido para advertir a la ciudad. Primero Hinnerk, luego Carola, perciben accidentalmente los movimientos, mientras miran entre las casas hacia una calle lateral durante sus giros. Se recortan y pierden el paso. Después de un intercambio de palabras en voz baja, el segundo *square* se vuelve atento. Pero aún no se dan cuenta de que los indios andan a hurtadillas por la ciudad. Entonces el grito de alerta de un hombre que no ha sido golpeado fatalmente alerta a todo el mundo. Sólo el *fiddler* que es medio sordo, sigue tocando hasta que finalmente se da cuenta de que ya nadie baila. Aparentemente dio el *comic relief* – el comediante – en la película.

Por supuesto, esta pieza de la escena era la parte más importante de la aparición de los bailarines de *square dance*. Diez veces ensayaron sólo este medio minuto desde ver los "movimientos" en las afueras de la ciudad hasta el susurro en el primero *square*.

Por fin, Jack estaba lo suficientemente satisfecho para la primera toma. Pero se habían equivocado cuando pensaron que ese era el final. Jack todavía tenía muchas peticiones de cambio y finalmente era mediodía hasta que realmente habían dado en el clavo con esta grabación.

Mientras que a los bailarines se les permitía comer, Chris fue al despacho de la dirección con Jack para discutir el tiempo después del almuerzo.

Micky ayudó a su pareja, la "hija del haciendero", a bajar los escalones de la pista de baile. Ana había estudiado en la *Escuela de Interpretación* de Cristina Rota en Madrid. Lo que significaba que ella también tenía que ser una actriz de renombre; pero esta fue su primera película internacional.

Cuando ella estaba abajo, primero buscó a Manolo Rioja y luego se volvió hacia Micky. —¿Vendrás a almorzar conmigo? —preguntó ella en su mal inglés. Sin duda estaría mejor con Rioja, pero no parecía esperar que él tuviera tiempo para ella.

Micky galantemente le extendió el brazo. —¡Sí, *Señorita!* —Ana lo salvó de tener que argumentar con Tanja ahora. Cuando Chris le había dado de nuevo el lugar al lado de Ana, se había sentido aliviado.

Se había imaginado que Rioja primero cuidaría de su esposa, pero él y Lydia se dirigieron a la cantina. Tal vez se reunió con Consuela allí.

Tanja se apresuró a llegar al lado de Rioja; ¿aún no se había dado por vencida?

Madeline se cogió del brazo de Tanja. —¿Dónde está Carola?

—No se perderá. —Tanja estaba claramente de mal humor.

—Ha vuelto al camerino —dijo Rioja—. Supongo le resulta el cine tan aburrido como a ti, Madeline.

—Lo considero absolutamente fascinante. —Tanja le dio a Rioja una mirada verdaderamente lasciva.

Pero Rioja no parecía impresionado. —Entonces deberías hacer como tu amiga Carola.

—¿Por qué? ¿Qué está haciendo?

—Le peinó a Consuela esta mañana.

Tanja abrió la boca; Madeline también pareció sorprenderse. —¿Y?

—La peluquera de Consuela la toma bajo su ala: Pilar ha hecho amistad con algunas personas de aquí y tal vez pueda hacer algo para que saliera de su salón.

—¡Apenas! —Madeline agitó la cabeza lamentablemente—. Carola aún no ha terminado su aprendizaje.

Tanja se rió. —Tampoco tendrán aquí un trabajo para ella de inmediato. Pero para poner un pie en la puerta a la larga, eso podría ser un comienzo.

—¡Ya ves! —Rioja le dio una palmadita a su hombro y Tanja se sonrojó.

—¿Qué es lo que veo? No hay trabajo para mí aquí.

—¿Y qué estás haciendo ahora mismo? —Él le tomó el pelo; era tan claro como el día. Pero ella no pareció darse cuenta.

Micky sonrió irónicamente. —¿Estáis planeando vuestras carreras estelares ahora? —Si volviera al tono que prevalecía entre él y Tanja, quizás encontrarían el camino de vuelta a las relaciones habituales sin que tengan que hablar de ambos comportamientos infantiles.

—¿Como qué? —preguntó Lydia.

—¿Como qué, Tanja? —Madeline le sonrió—. ¿Otro *western*?

—Dudo que se rodarán suficientes *western* aquí.

—Las películas de baile ya no están de moda —dijo Lydia.

—Musicales. —Rioja se le veía como si lo dijera en serio—. Consuela tiene una oferta para el próximo año.

—¿Aquí en Babelsberg? —Tanja se detuvo—. Eso sería guapo.

—¿Por qué? —La mirada de Madeline expresaba la misma desconfianza que se despertó en Micky—. ¿Por Carola?

—Por Carola, por supuesto. Si ha completado su aprendizaje para entonces... —Sin embargo, Carola acababa de fracasar de nuevo en teoría, pero esta Pilar no necesitaba saberlo.

No obstante, Tanja tenía un brillo muy sospechoso en los ojos. ¿Había alguna garantía de que Rioja siguiera siendo el fiel esposo el año que viene?

—Seguramente estarás aquí también —le dijo Micky. Quería saber qué debía esperar.

Rioja agitó la cabeza. —Rara vez trabajamos juntos. —Se rió—. No sé cantar ni bailar.

—¿Y qué estás haciendo con nosotros ahora mismo? —Madeline se rió divertida.

Tanja tiró del brazo de Rioja para llamar su atención. —¿No tendrías que venir porque deberás cuidar a vuestro niño?

—Por eso no me comprometí por el mismo tiempo. —Sonrió—. Puedo darme el lujo de fijar las fechas de rodaje.

Detrás de ellos sonó repentinamente una bicicleta, incesantemente y penetrante. Una de las continuistas se dirigió hacia ellos con una cabeza roja brillante, pedaleando violentamente. —¡Manolo! —Ella jadeó.

Se acercó a ella y la atrapó cuando ella frenó bruscamente frente a él. Ella bajó, él agarró la bicicleta y volvió por donde acababa de llegar la continuista.

—¿Qué pasa? —Tanja miraba irritada de una a otra.

—¡Qué te parece! Bueno que Chris todavía esté en el estudio. —Madeline agarró la continuista por el brazo—. ¿Me mostrarás el camino? —Instó a la mujer a que se apresurara.

—¿Qué sucede? Madeline está actuando como si ya estuviera ardiendo. Eso sólo está programado para la tarde.

—¡Pero Tanja! —Micky le extendió la mano—. Vamos a comer. Ciertamente ya no tenemos que esperarlos. —Frunció el ceño—. Espero que eso no signifique que el rodaje de la tarde se haya cancelado .

Ana veía perpleja de una a otra.

—Consuela —dijo Micky.

—¡Dios! —Ana se separó de él y corrió tras Madeline.

—¿Quieres decir que va a tener su bebé? ¿Ahora? —Por fin Tanja lo entendió también—. Entonces seguramente nos enviarán a casa de inmediato. —Por extraño que parezca, no parecía sentir lástima en absoluto.

—Difícilmente. Manolo es un profesional. —Lydia puso una mano sobre su vientre—. Tampoco esperaría eso de Sakir.

Tanja tenía ojos grandes; luego empezó a reírse a medias. —Por eso te enfermaste esta mañana —dijo resoplando.

Micky miró fijamente por un momento la mano de Lydia: Lydia estaba encinta. Pero, ¿qué tiene de gracioso? Mujeres – alguien debería entender sus procesos de pensamiento.

—¿Vamos a la cantina ahora? —De nuevo extendió el brazo.

Lydia le dio un brazo y luego cogió la mano de Tanja. —Por supuesto que vamos a comer ahora.

—Y nos aseguraremos de que comas por dos. —Tanja agitó la mano de Lydia con exuberancia. Su buen humor finalmente parecía haber regresado. Se adelantó medio paso así podía mirar a Micky. —¿Cómo es contigo, en el fondo? ¿Te gustan los niños?

—Eso depende.

—¿De qué?

—De quiénes son los niños. —Fue asaltado por un ataque de audacia—. Si fueran tuyos, los amaría.

Lydia los dejó ir a ambos y los empujó hacia el otro, riéndose. —Entonces arreglad esto ahora.

Los ojos de Tanja brillaron. No eran lágrimas, ¿verdad?

—¡Oh Micky! —Ella puso sus brazos alrededor de su cuello y su cara en su mejilla—. ¡Idiota!

Que ella siempre tenía que tener la última palabra.

FIN

***

Si te gustó esta novela, por favor recomiéndala a otros. Las recomendaciones y reseñas ayudan a otros a encontrar libros que merezcan el tiempo para leerlos.

***

Quick, quick, slow – Club de baile Lietzensee
– Novelas de danza –

La idea de estas «Novelas de danza» fue concebida por el grupo de autores «Schreibwerk». Las historias están ambientadas en Alemania en un club de baile de Berlín ficticio durante la primera década de este siglo.

Cada novela de la serie puede leerse como un libro independiente.

En la actualidad, sólo Annemarie Nikolaus hace traducir sus novelas. Además del español, en este momento hay traducciones al inglés, italiano, y griego.

La nieta.

Madeline Lagrange, la nieta del presidente del «Club de baile Lietzensee», ve el baile de salón únicamente como técnica cultural, que aprende sin gran ambición. Luego encuentra los bailarines de square dance de la asociación. Y se enamora – no sólo del baile, sino también del caller del grupo, el americano Chris Rinehart.

Chris queda fascinado por Madeline desde el primer momento. Pero él es el entrenador del grupo, y ella es menor de edad. Así empieza una batalla contra su creciente cariño hacia ella y le niega sus sentimientos.

Mientras Madeline, con la falta de compromiso de sus

diecisiete años, intenta seducir a Chris, su abuelo hace todo lo posible para expulsarlo del club y separar a los dos.

Además:

Die Enkelin. También en inglés, italiano, español y griego.
Zurück aufs Parkett. También en inglés e italiano.
Flirt mit einem Star. También en inglés e italiano.

De otras autoras:

Tine Sprandel: **Der Treppensturz**
Tine Sprandel: **Nele**.
Marion Pletzer: **Tanz bei offenen Türen**
Evelyn Sperber-Hummel: **Liebe tanzt Rumba**

Sobre la autora

Annemarie Nikolaus, nacida en Hesse, vivió durante 20 años en el norte de Italia. En el 2010 se mudó junto a su hija en Auvernia, en Francia.

Estudió Psicología, Publicidad, Política e Historia y trabajó, entre otras, como psicoterapeuta, periodista y consejera política. Desde el 2011, publica independientemente.

Si quiere permanecer en contacto:
Facebook:
www.facebook.com/AnnemarieNikolaus.Autorin
y Twitter: http://twitter.com/AnneNikolaus

Publicaciones:

En español:

La República Real. Colección *Mundo en llamas*. ISBN de la edición impresa 9782902412945

Aquitania: el final de una guerra. Colección "*Al borde del camino...*". ISBN de la edición impresa 9782902412723

Silencio Forzado. Thriller breve. ISBN de la edición impresa 9782902412815

La nieta. Colección *Quick, quick, slow – Club de baile Lietzensee*. ISBN de la edición impresa 9782493398079

Celoso de una estrella. Colección *Quick, quick, slow – Club de baile Lietzensee*. ISBN de la edición impresa 9782493398086

Difunto. Cuentos fatales. ISBN de la edición impresa 9782902412631

Historias mágicas. Cuentos infantiles. ISBN de la edición impresa 9782902412778

Justicia sin Ley. Breves relatos históricos. ISBN de la edición impresa 9782902412976

Brillante Esperanza. Calendario de adviento.

En alemán:

Novelas y Cuentos

Históricas

Königliche Republik. Novela histórica. ISBN de la edición impresa 9782902412471.

Verjährt. Cuentos históricos de suspense. ISBN de la edición impresa 9782902412549.

Fantásticas

Die Piratin. Novela fantástica. ISBN de la edición impresa 9782902412495

Das Feuerpferd. Novela fantástica, en conjunto con Monique Lhoir y Sabine Abel. ISBN de la edición impresa 9782902412501.

Magische Geschichten. Cuentos no solo para niños. ISBN de la edición impresa 9782902412488

Renntag in Kruschar. Antología fantástica.

Leuchtende Hoffnung. Novela de ciencia ficción ilustrada. ISBN de la edición impresa 9782902412563

Suspenso y crimen

Haus zu verkaufen. Drama de familia. ISBN de la edición impresa 9798476020721

Ustica. Thriller breve. ISBN de la edición impresa 9782902412556.

Tot. Relatos cortos. ISBN de la edición impresa 9782902412587

Verjährt. (ver arriba)

Románticas

Die Enkelin. Colección *"Quick, quick, slow – Tanzclub Lietzensee"*. ISBN de la edición impresa 9782493398093.

Flirt mit einem Star. Colección *"Quick, quick, slow – Tanzclub Lietzensee"*. ISBN de la edición impresa 9782493398109

Zurück aufs Parkett. Colección *"Quick, quick, slow – Tanzclub Lietzensee"*. ISBN de la edición impresa 9782493398116

Libros de no ficción

Turismo

Aquitanien: Das Ende eines Krieges. Colección *"Am Rande des Weges ..."*. ISBN de la edición impresa 9782902412570

Colección sobre literatura y libros

Suche Reisebegleitung. Colección *"Fliegende Blätter"*. ISBN de la edición impresa 9781499608427.

Junge Welten. Colección *"Fliegende Blätter"*. ISBN de la edición impresa 9781500971991

www.ingramcontent.com/pod-product-compliance
Lightning Source LLC
La Vergne TN
LVHW092023190726
843493LV00002B/558